CARLSEN-Newsletter
Tolle Lesetipps kostenlos per E-Mail!
Unsere Bücher gibt es überall im Buchhandel und auf carlsen.de.

Alle deutschen Rechte bei CARLSEN Verlag GmbH, Hamburg 2015
Originalcopyright © 2014 Nikki Sheehan
Originalverlag: Oxford University Press, Oxford
Published by arrangement with Rights People, London
Originaltitel: Who framed Klaris Cliff?
Umschlaggestaltung: formlabor
Umschlagfotografien: shutterstock.com © Picsfive/Robyn Mackenzie/STILLFX
Aus dem Englischen von Ann Lecker
Lektorat: Brigitte Kälble
Herstellung: Ulrike Artner
Satz: Dörlemann Satz, Lemförde
Druck und Bindung: GGP Media GmbH, Pößneck
ISBN: 978-3-551-55360-7
Printed in Germany

Nikki Sheehan

Mein Plan zur Rettung der unsichtbaren Freundin von nebenan

Aus dem Englischen von Ann Lecker

Für Eira, wo immer du jetzt bist

Inhalt

Eine kleine Hand

Wir redeten über früher und ich erinnerte mich an die merkwürdigsten Dinge. Zum Beispiel, dass man sie »Freunde« nannte. Und dass es hieß, sie wären gut fürs Gehirn. Manche Familien deckten beim Abendessen sogar für sie mit.

Dann dachte ich an den Tag, an dem sich alles veränderte. Der Tag, an dem Shorefield passierte.

Sie berichteten darüber im Fernsehen. Eine Kurzmeldung unterbrach das Kinderprogramm. Wir sahen, wie man die Opfer auf Krankentragen herausrollte, die Gesichter bedeckt. Eine Kamera holte eine kleine Hand heran, die unter einem Laken hervorbaumelte.

Am nächsten Tag fand in der Schule eine außerordentliche Versammlung statt und die Kinder, die welche hatten, wurden in ein Nebenzimmer gebracht.

Uns andere warnte der Schuldirektor davor, unsere Fantasie zu benutzen, wenn wir alleine spielten. Denn so passiert es.

So schleichen sie sich ein.

Montag

Ohrenhaare

Ich atmete tief ein und stieß den Kopf fest gegen die Wand. Es tat höllisch weh.

»Verschwinde endlich!«, fauchte ich.

»Was machst du da, Joseph?«, rief Dad aus dem Flur. »Bist du aus dem Bett gefallen?«

»Nein, ich versuch nur was abzumurksen.«

Er tauchte in der Tür auf. Es war noch früh, aber er war bereits angezogen und roch nach Minze.

»Hmm, eine Bremse? Gestern Abend ist eine in der Küche rumgeflogen. Grässliche kleine Quälgeister. Na ja, ich hab dir ein Spiegelei gemacht, mit zwei Scheiben Vollkorntoast. Wenn wir gegen halb losfahren, sollten wir es rechtzeitig schaffen. Der Termin ist um zehn.«

»Was für ein Termin?«

»Beim Optiker. Ich hab dich gestern daran erinnert.«

Ich stöhnte. Eigentlich wollte ich etwas mit Rocky unternehmen. »Muss es unbedingt heute sein?«

Seine Stirn kräuselte sich stärker als sonst, als er darüber nachdachte, was für einen Erwachsenen ziemlich nett ist. Die meisten erwarten bloß, dass man zu allem Ja und Amen sagt.

Ich schnappte mir meinen Morgenmantel und ging die knarzende Treppe unseres kleinen Landhauses hinunter. Dad folgte mir in die Küche und zog sich einen Stuhl heran, brachte das Thema aber erst wieder auf, als ich mit meinem Frühstück fast fertig war.

»Na ja, ich kann deinen Termin wahrscheinlich absagen. Aber ich würde gern hingehen, um meine Augen prüfen zu lassen.«

Er berührte das Heftpflaster, das schon seit einer halben Ewigkeit seine Brille zusammenhielt. Ich glaube ja, dass er sich bisher keine neue gekauft hat, weil er nur ungern etwas austauscht oder verändert. Wie seinen kanariengelben 1987 Ford Capri (»Der Wagen ist ein Klassiker, Joseph«) oder seinen Haarschnitt Marke Alternder Rockstar (»Man hat mich schon mit Jon Bon Jovi verwechselt«). Oder den Beziehungsstatus auf seiner Facebook-Seite (»Sie könnte eines Tages wieder durch unsere Tür spazieren. Man weiß nie.«).

»Ich muss nächste Woche wieder arbeiten und mit dem Ding auf der Nase will bestimmt niemand, dass ich seine Sanitäranlagen repariere«, erklärte er. »Ich hatte eigentlich gehofft, du würdest mir helfen eine neue auszusuchen – vielleicht gibt's dieses Modell ja nicht mehr.« Er nahm die Brille ab, hielt sie sich vors Gesicht und kniff die Augen zusammen. »Deine Mum hat die hier ausgesucht; sie schien genau zu wissen, was zu meinem Gesicht passt. Ich hab keinen blassen Schimmer. Und jetzt sag bloß nicht, eine Papiertüte.«

Während er redete, wanderte mein Blick zur letzten Postkarte, die in dem Regal hinter ihm an den Büchern lehnte. Sie war vor zwei Jahren, am Tag vor meinem elften Geburtstag, angekommen. Da stand jedoch nicht »Herzlichen Glückwunsch, Schatz« oder »Entschuldige, dass ich kein Geschenk geschickt habe«. Mum hatte geschrieben, dass sie im Sommer zurückkommen würde.

Dad wartete auf eine Antwort. Natürlich sollte ich ihn begleiten. Er hatte sich die gesamten Schulferien freigenommen, um Zeit mit mir zu verbringen. Aber es war jetzt schon Ende August und das flaue Gefühl in meinem Magen, das mich immer kurz vor Schulanfang packte, ließ sich nicht mehr so einfach ignorieren. Ein bisschen anspruchslose Unterhaltung war jetzt genau, was ich brauchte, und Rocky war der Meister alles Anspruchslosen.

Außerdem ließ mich Klaris meistens in Ruhe, wenn ich mit ihm zusammen war.

»Sorry, Dad. Ich hab mich heute mit Rocky verabredet. Kannst du nicht jemand aus dem Laden bitten dir bei der Auswahl zu helfen?«

Er lächelte mich an, aber es war dieses Lächeln, das er mir immer schenkte, damit ich kein schlechtes Gewissen bekam, und das machte es nur noch schlimmer. Klaris versuchte im Hintergrund etwas zu sagen. Ich hätte mir am liebsten die Ohren zugehalten, doch da ich wusste, dass es nichts half, biss ich die Zähne fest zusammen, um sie nicht anzuschreien. Dad hatte meinen seltsamen Gesichtsausdruck wohl bemerkt, denn er legte seinen starken, dünnen Arm um mich und drückte mich an sich.

»Ist schon in Ordnung, Joseph, du musst deswegen kein schlechtes Gewissen haben. Du bist jetzt dreizehn. Ich kann gut verstehen, dass du eigene Pläne hast. Ich bin groß genug, um allein in die Stadt zu fahren.«

Ich aß den letzten Rest Kruste auf. »Danke, Dad, hat klasse geschmeckt. Ich zieh mich jetzt lieber an.«

Er nahm mir den Teller ab, legte ihn in die Spülwanne und schaute dann durch das Fenster in den Garten hinter dem Haus. »Die Zaunwinde breitet sich wieder aus.« Ich folgte seinem Blick und sah eine Ranke mit glockenförmigen, weißen Blüten, die einen Busch in den Schwitzkasten genommen hatte. »Als sie das erste Mal aufgetaucht ist, hab ich zu deiner Mutter gesagt, sie soll sie mit den Wurzeln ausgraben, aber sie hat nicht auf mich gehört. Sie fand, dass es hübsch aussieht.«

Er spülte den Teller ab, stellte ihn auf den Abtropfständer und drehte sich dann wieder zu mir um. »Du würdest es mir doch sagen, Joseph, wenn irgendwas nicht stimmt?«

Ich zuckte mit den Schultern. »Es ist alles in Ordnung.«

»Die Pubertät kann nämlich sehr verwirrend sein.« Er blickte nachdenklich. »Aber Anfang vierzig zu sein eigentlich auch. Also, ich wollte damit nur sagen, dass du mit mir über alles reden kannst.«

Ich sah auf.

War das der Moment?

War der Moment endlich gekommen, auf den ich gewartet hatte, um ihm von Klaris zu erzählen? Ich wollte es ihm ja erzählen oder jedenfalls dachte ich das. Aber wie konnte ich es anstellen, ohne dass er ebenso große Angst bekam wie ich?

Dad wandte sich mir zu und grinste. »Kein Thema ist tabu: Probleme mit Mädchen, körperliche Veränderungen, schlechter Musikgeschmack, dieses ganze Teenagerzeug eben. Egal was es ist, Joseph, ich wette mit dir, dass ich es selbst auch schon durchgemacht habe.«

Wetten nicht, dachte ich.

Laut sagte ich: »Mach dir keine Sorgen, Dad. Es ist alles in Ordnung. Aber wenn es irgendwas gibt, worüber *du* mit mir reden willst: Ohrenhaare, Vergesslichkeit, fragwürdiger Modegeschmack – das ganze Zeug halt, mit dem Leute um die vierzig zu kämpfen haben.«

Er lächelte, aber ich glaube, er wusste, dass ich ihm nur etwas vormachte. »Nein. Bei mir ist auch alles in Ordnung.«

Da fragte ich mich, wie lange ich sie noch verheimlichen konnte.

Die letzte Kurve

Unsere Familien sind schon immer in beiden Häusern ein und aus gegangen – im Einfamilienhaus der Cliffs, *Potter's Lodge*, und in *Kiln Cottage,* unserem bescheidenen Häuschen, das daran klebt wie ein großer, roter Furunkel an einem Hintern.

Daher überquerte ich wie sonst auch den löcherigen Rasen, den wir uns teilten, kickte im Vorbeigehen einer Pusteblume den flauschigen weißen Kopf vom Stängel und marschierte direkt durch die Hintertür in das Haus der Cliffs.

Drinnen war es dunkel und still, was bei fünf Kindern, zwei Hunden und der üblichen Anzahl Eltern ungewöhnlich war. Aber ich wusste genau, wo ich Rocky finden würde.

Obwohl die roten Samtvorhänge im Wohnzimmer zugezogen waren, konnte ich ihn gerade so auf dem Teppich vor dem Fernseher ausmachen. Er lümmelte faul herum und trug sein übliches Sommerferienoutfit: Armeehose mit Tarn-T-Shirt. Seine frisch geschnittenen Haare waren so kurz, dass es aussah, als würden sie wie Eisenspäne magnetisch an seinem Schädel kleben. Man hätte ihn für eine Leiche halten können, wenn seine Hände nicht so quicklebendig den Joystick der Playstation bedient hätten.

Er flog mit seinem Rennwagen aus der Bahn, fluchte und sah auf.

»Alles klar, Joseph? Lust auf ein Rennen?«

Meine Hände zuckten und ich ließ mich nicht lange bitten. »Okay.«

Bei Motorrennen kann ich einfach nicht Nein sagen. Ich schlage Rocky jedes Mal – ich schlage *jeden* jedes Mal und ich weiß, dass das bescheuert ist, aber ich liebe es zu gewinnen, selbst gegen jemanden, der wie ein Blinder mit Boxhandschuhen spielt.

»Dann such dir deine Waffe aus.«

Ich nahm den Joystick und entschied mich für meinen Lieblingsrennwagen, den grünen mit der weiß gestreiften Motorhaube.

Rocky stöhnte. »Ah, komm schon, Joseph, nicht den. Du weißt doch sowieso, dass du gewinnst. Lass mich das schnellste Auto haben.«

»Der Wagen spielt keine Rolle. Es kommt darauf an, wie man damit fährt. Nimm ein Motorrad. Die sind schneller.«

»Warum willst du dann das Auto? Na gut, du kannst es haben, wenn du mit der linken Hand spielst.«

Ich lächelte. »In Ordnung.«

Mit der linken Hand bin ich nämlich auch ziemlich gut. Während der vielen Abende, an denen ich darauf gewartet habe, dass Mum zurückkommt, habe ich mit beiden Händen geübt. Ich habe es sogar mit den Füßen probiert und selbst mit denen habe ich es gerade so über die Rennbahn geschafft.

Wir stellten uns am Start auf. Ich dehnte die Finger, bis die Knöchel knackten, und schob mir das Haar aus den Augen. Ich bin zwar gut, aber was sehen muss ich trotzdem.

Dann 3, 2, 1 und wir brausten los.

Während ich spiele, könnte alles um mich herum passieren – jemand könnte hereinkommen, mir die Schuhe ausziehen, die Fußnägel schneiden und sie pink lackieren, ich würde es nicht einmal merken. Zuerst war es die übliche Geschichte. Ich hatte das Gefühl, dass ich tatsächlich in diesem unglaublichen Flitzer saß und nicht zwischen Krümeln und Hundehaaren auf dem durchgesessenen Sofa der Cliffs. Aber gerade als ich mich der Ziellinie näherte, spürte ich durch den Krach und das Adrenalin mit jeder Sekunde lauter und stärker …

Sie.

Klaris.

Es kam mir so vor, als würde sie schreien. Doch irgendwie wusste ich, dass sie nicht wütend war; sie war aufgeregt. Total aus dem Häuschen.

»Halt die Klappe!«, murmelte ich leise, damit der Lärm des Spiels meine Stimme überdeckte. Sie schwieg ein paar Sekunden lang, aber als ich um die letzte Kurve fuhr, war sie noch immer da und es fühlte sich an, wie wenn jemand zu eng bei einem steht und man einatmen muss, was die Person ausatmet.

Dann fing sie an zu jubeln und ich drehte durch. Obwohl ich kurz vor dem Ziel war, sprang ich auf und schleuderte den Joystick durch das Zimmer auf den Sessel. Er prallte ab und knallte auf den Boden, wobei das hintere Teil und die Batterie in entgegengesetzte Richtungen davonflogen.

Rocky glotzte mich mit offenem Mund an. »Warum hast du das gemacht? Du hättest gewonnen.«

»Ich hab nur …« Ich spürte Schweiß auf meiner Oberlippe.

»Alles in Ordnung, Alter? Du siehst irgendwie komisch aus.«

»Ja, mir ist nur ein bisschen schlecht. Hier drin ist es stickig.« Ich zog die Vorhänge auf und stemmte den unteren Teil des Schiebefensters hoch. Dann atmete ich tief ein und flüsterte leise in die frische Luft: »Bist du jetzt zufrieden? Ist es das, was du wolltest? Geh einfach zu Floh zurück und hör auf, mein Leben kaputt zu machen!«

Feiner Tee

Als ich mich umdrehte, kniete Rocky auf dem Boden, den Kopf unter dem Sofa, und fischte nach der Batterie. Seine Hose war so tief nach unten gerutscht, dass mich sein Hintern groß und weiß anstrahlte, was meine Übelkeit nicht gerade linderte.

Er tauchte mit einer roten Fußballsocke voller Flusen, einer Ein-Pfund-Münze und dem Objekt seiner Begierde, der lebenswichtigen silbergrauen Batterie, wieder auf. Er stopfte die Socke zurück unters Sofa, ließ die Münze in seiner Hosentasche verschwinden, steckte die Batterie in den Joystick und schaltete ein.

»Jep, funktioniert noch. Komm, noch 'ne Runde. Du mit der linken Hand, ich mit dem grünen Auto, und der Verlierer muss zur Strafe tun, was der Gewinner will.«

Ich lachte. Rocky ist eigentlich nicht auf den Kopf gefallen, aber er ist eindeutig optimistischer, als ihm guttut.

Also spielte ich eine weitere Runde und gewann – machte ihn völlig platt, um genau zu sein – und Klaris ließ mich in Ruhe.

Während des Spiels fühlte ich mich völlig normal, als wäre alles in Ordnung. Nachdem ich gewonnen hatte, führte ich meinen üblichen Siegestanz in Rockys Wohnzimmer auf und erinnerte ihn daran, dass er jetzt alles tun musste, was ich von ihm verlangte.

»Ich entscheide mich für …«, ich grinste wie ein durchgeknallter Axtmörder – zumindest hoffte ich das, »für Nummer sieben. Du musst eine durch meine Socke gefilterte Tasse Tee trinken.«

»Das soll wohl ein Witz sein, Joseph. Das ist eklig.«

Ich grinste. »Die Strafe hast du dir doch selbst ausgedacht. Ich dachte, du würdest es gerne als Erster ausprobieren.« Ich warf den Joystick, diesmal ein wenig sanfter, aufs Sofa. »Los, schalt den Wasserkocher ein.«

Die Küche der Cliffs ist so altmodisch, dass sie locker in unserem Heimatmuseum stehen könnte.

Anstelle eines Herds haben sie eine rostige grüne Kochplatte, über der ein Wäschegitter voller Unterwäsche hängt. Dann gibt es da noch die Geschirrschränke aus Holz, die nicht zusammenpassen, und in der Mitte den alten Kieferntisch. Während auf unserem Küchenboden Linoleum liegt, besteht ihrer aus unebenen Fliesen mit riesigen Spalten dazwischen, und jedes Mal wenn einer der Cliffs ein Glas fallen lässt, zerschellt es in tausend Stücke und jemand schreit: »Feuert den Jongleur«, was schon seit Ewigkeiten nicht mehr lustig ist.

Rocky hatte die Hand in der Schweinchenkeksdose, die früher einmal Grunzgeräusche von sich gegeben hatte, und seine Zungenspitze schaute ihm aus dem Mundwinkel, während er darin herumgrapschte. »Oh, komm schon, Kleiner. Und da hab ich dich!« Er holte einen Schokoladenkeks heraus, der uralt aussah und mit so viel Keksstaub bedeckt war, dass die glänzende braune Glasur darunter perfekt getarnt war. Er brach ihn auseinander und gab mir die größere Hälfte.

»Danke«, sagte ich. »Aber bild dir bloß nicht ein, dass du mich bestechen kannst, um deiner Strafe zu entgehen.« Ich zog einen Turnschuh aus und dann die graue Sportsocke, die irgendwann einmal weiß gewesen war, und hielt sie ihm vors Gesicht. Sie hatte immer noch die Form meines Fußes, nur mit einem münzgroßen Loch am großen Zeh.

Rocky rümpfte die Nase. »Wann hast du die das letzte Mal gewechselt?«

»Diese Woche.« Ich überlegte. »Oder letzte.«

»Wie wär's zuerst mit einer Revanche?«, versuchte er es jetzt. »Der Verlierer muss *zwei* Sachen machen.«

Ich lachte. »Los, mach schon. Es ist doch bloß eine leicht feuchte, superstinkige Socke. Du weißt, dass du andere schon zu schlimmeren Sachen gezwungen hast.«

Rocky runzelte die Stirn. »Ja, aber nicht dich. Nur Floh, und das zählt nicht.« Er seufzte. »Na schön, aber bloß ein Schluck. Ich trink nicht die ganze Tasse.«

Ich schüttelte den Kopf. »Nach den Regeln musst du die Strafe entweder selber ausführen, und das bedeutet, dass du die Tasse ganz austrinken musst, oder jemanden finden, der es für dich tut, aber hier ist sonst niemand. Also mach, dass du es hinter dich bringst.«

Einen Moment lang war es still, während Rocky die Lapsang-Souchong-Teeblätter seiner Mutter in meine Socke löffelte. Als sie anfingen wie Ameisen aus dem löcherigen Zeh herauszupurzeln, steckte er die Socke in eine Tasse und füllte sie randvoll mit heißem Wasser.

»Dieser feine Tee wird den Geschmack übertünchen«, erklärte er. »Was meinst du, soll ich Milch reintun? Meine Mum trinkt ihn gern schwarz.«

»Ein Tropfen kann nicht schaden«, erwiderte ich. »Milch und Käse passen gut zusammen. Ist praktisch dasselbe Zeug.«

Er tauchte die mit Tee gefüllte Socke ein paarmal ein, schlabberte sie dann ins Spülbecken und griff nach dem Zucker. »Das Gebräu muss ich ordentlich süßen.«

»Hey, nimm nicht den ganzen Zucker«, sagte Po, die gerade mit einem Vampirroman in der Hand in die Küche kam. »Ich will auch eine Tasse Tee.«

Mir war aufgefallen, dass sie mittlerweile etwa zwei Zentimeter größer war als ich, obwohl ich ein paar Monate älter bin. Sie trug eine kurze Jeanshose und ein weißes Shirt mit Spaghettiträgern. Und nach den vielen Wochen, die sie im Garten in der Sonne gelegen hatte, war sie braun gebrannt und ihr langes Haar strohblond.

Sie schnupperte an Rockys Tee. »Der riecht gut, irgendwie rauchig. Den nehme ich auch.«

»Dieses feine Zeug trinkst du doch sonst gar nicht«, wandte Rocky ein. Dann flüsterte er mir laut zu: »Sie tut nur so erwachsen, um dich zu beeindrucken.«

»Träum weiter!«, gab Po zurück, aber ihre Wangen färbten

sich rot. »Geh aus dem Weg, damit ich mir eine Tasse machen kann.«

Rocky grinste mich an und hielt ihr seine hin. »Bitte schön, Po. Du kannst meinen Tee haben. Ich glaub, ich mag den normalen lieber.«

Sie nahm die Tasse und schnupperte noch einmal daran.

»Was hast du damit gemacht?«

Rocky runzelte die Stirn. »Was soll das heißen?« Er blickte sie an wie ein ausgesetztes Hündchen. »Du glaubst doch nicht etwa, dass ich den Tee vergiftet habe, oder? O Mann, Po, das fass ich nicht! Da tu ich mal was Nettes für dich, meine einzige Schwester, und du glaubst, ich will dich umbringen. Es muss so riechen. Das ist feiner Tee. Feine Tees riechen immer so. Deshalb trinkt man sie ja. Komm, Joseph«, sagte er und richtete sich steif auf. »Lassen wir Po ihren ›vergifteten‹ Tee genießen.«

Als wir das Zimmer verließen, entdeckte sie offenbar die Socke im Spülbecken.

»Hey, was ist das?«

Wir rannten hinaus in den Garten und warfen uns lachend auf den Rasen. Ich zog die andere Socke aus und versteckte sie in meiner Hosentasche.

»Keine Sorge, Joseph«, sagte Rocky. »Wenn sie dahinterkommt, sag ich einfach, dass es Klaris war.«

Mein Herz kam kurz ins Stolpern. »Ja, aber Floh ist doch gar nicht hier«, antwortete ich und bemühte mich normal zu klingen. »Wie kann es dann irgendwas mit Klaris zu tun haben?«

Rocky grinste und die Sonne glänzte auf seinen großen Vorderzähnen. »Hast du's nicht gehört? Klaris ist ein ganz ungezogenes Mädchen gewesen. Mein Dad glaubt, dass sie bösartig wird.«

Ich versuchte angestrengt meine Stimme unter Kontrolle zu halten, traute mich aber nicht mehr zu sagen als: »Warum?«

»Oh, eigentlich sind es bloß 'ne Menge Kleinigkeiten, aber Dad sagt ständig, dass es in Shorefield auch so angefangen hat. Du weißt schon, erst verstecken sie die Zahnstocher, und ehe man sich's versieht, ermorden sie uns alle in unseren Betten.«

Er fing an die Blütenblätter von einem Gänseblümchen abzureißen. »Hätte eigentlich nicht gedacht, dass die kleine Klaris das Zeug dazu hat. Jedenfalls redet Dad davon, den Gemeinderat einzuschalten.«

»Was, für die Kappung?«

Er nickte. »Ja, ich glaub aber nicht, dass er es macht. Das würde er Floh nicht antun. Er redet viel, wenn der Tag lang ist.«

Ich versuchte diese Information erst mal zu verdauen, doch davon bekam ich Magenschmerzen. Ich hatte niemandem erzählt, dass Klaris mich nervte. Ich konnte es nicht. Nur merkwürdige Eigenbrötler wie Floh haben unsichtbare Freunde. Nicht dreizehnjährige Jungs mit echten Kumpels, die Fußball spielen und nicht besonders gut in Kunst oder im Aufsatzschreiben sind und die vor allem nicht viel Fantasie haben. Also nicht Typen wie ich selbst, die so normal sind, dass es beinahe *un*normal ist.

Und niemand, ganz gleich wie unnormal, teilt sich unsichtbare Freunde mit einem anderen. Es sei denn, sie sind abgewandert, und ich war noch nicht bereit *das* in Betracht zu ziehen.

»Was soll sie denn gemacht haben?«

»Ach, nichts Besonderes. Dad ist nur genervt, dass seine Autobatterie ständig leer ist, weil sie die Autobeleuchtung über Nacht anlässt und er deshalb zur Arbeit laufen muss. Du weißt ja, wie faul er ist.«

»Das ist alles?«, fragte ich. Dabei wollte ich eigentlich nur eins wissen, nämlich ob sie noch andere in den Wahnsinn trieb, indem sie in ihre Köpfe eindrang und sich in ihren Gedanken einnistete.

»Keine Ahnung. Frag den Spinner.« Rocky wies mit dem Kopf auf Floh, der auf Zehenspitzen über den Rasen tappte und lächelte, jedoch nicht in unsere Richtung.

»Hey, Floh!«, rief Rocky. »Joseph will wissen, was Klaris alles angestellt hat.«

Floh sah einen Moment lang zu mir herüber, mit ausdruckslosem Blick und offenem Mund wie ein Fisch auf Eis, dann drehte er sich um und rannte zurück zum Haus.

»Wie unhöflich«, sagte Rocky. »Dem Jungen muss mal jemand ein paar Manieren beibringen. Kein Wunder, dass ihn keiner mag.«

Doch ich wusste, dass er nicht unhöflich gewesen war. Er hatte Klaris zugehört. Und ihm hatte nicht gefallen, was sie ihm erzählte.

Wie ein Goldfisch

Dad war aus der Stadt zurück und las die Zeitung.

»Alles klar, Kumpel? Hast du Hunger? Auf dem Herd ist Tomatensuppe. Nimm dir was.«

»Danke.«

Die sämige, rötlich orange Flüssigkeit zischte, als ich sie in einen Suppenteller goss.

»Mir fehlt Moms Essen, Dad.«

»Ja, mir auch, mein Junge. Vor allem ihre Spiegeleier mit Speck im Bett sonntagmorgens.«

Ich legte den Topf in die mit Wasser gefüllte Spülwanne, in der er mit einem Seufzen unterging.

»Daran kann ich mich nicht erinnern.«

Für einen kurzen Moment schaute er verwirrt und seine Augen, die grünlich braun waren und nicht langweilig blau wie meine und Mums, fixierten etwas gleich neben meinem Ohr. »Oh, vielleicht war das noch vor deiner Geburt. Ich verliere langsam den Überblick.«

»Ich kann mich aber an ihre Lasagne erinnern, Dad, und an ihre Sonntagsbraten. Die waren am besten.«

Er runzelte die Stirn. »Hey, pass auf, was du sagst, Frechdachs. Claire ist eine wunderbare Frau, aber ihre Sonntagsbraten konnten sich nicht mit meinen messen. Ihr Gemüse war nie gar, ihre Bratensoße war klumpig und ihre Yorkshire-Puddings sind nie richtig aufgegangen. Du und ich haben sie immer UFOs genannt: unbekannte Fressobjekte.«

Er faltete die Zeitung zusammen und lächelte.

»Natürlich hab ich ihr irgendwann beigebracht, wie man sie richtig macht …« Sein Lächeln verschwand.

Ich blickte hinüber zur Postkarte. »Was gibt es bei den Spaniern sonntags zum Mittagessen, Dad?«

»Keine Ahnung. Paella?«

»Können wir dieses Wochenende Paella essen? Ich such im Internet nach einem Rezept.«

»Ja, wenn du magst. Und wenn wir schon dabei sind, kann ich dir auch noch meine Stierkampfkünste zeigen.« Er sprang auf, schnappte sich ein rotes Geschirrtuch und fing an seitlich damit herumzuwedeln. »Toro! Toro!«

»Ja, alles klar.« Ich wandte mich wieder meiner Suppe zu.

»Was denn? Es gibt eine Menge Dinge, die du nicht über mich weißt, Joseph.«

»Ja, und dass du ein preisgekrönter Stierkämpfer bist, gehört nicht dazu.«

Er lächelte. »Vielleicht nicht. Aber ich hab noch Zeit, ich bin noch jung.«

Die Suppe war siedend heiß. Während ich darauf wartete, dass sie abkühlte, schnitt ich mein Brot in kleine Vierecke. Die setzte ich dann wie Schwamm-Boote auf die Suppe und rührte, bis sie anfingen herumzuwirbeln. Ich stellte mir vor, dass die Mitte ein Schluckloch war, in das sie alle hinabgesogen wurden.

Dann wurde mir bewusst, was ich gerade tat. Ich war dreizehn Jahre alt und vertrieb mir immer noch die Zeit mit solchen Spielchen. Kein Wunder, dass sich Klaris in meinen Kopf geschlichen hatte. Ich hatte ihr praktisch einen roten Teppich ausgerollt.

»Wie dem auch sei«, sagte Dad und versuchte den verdrehten Saum des Geschirrtuchs glatt zu streichen. »Ich wollte mit dir über etwas reden.«

»Worüber? Geht's wieder mal um Altersspeck und Ärger mit der Freundin?«

»Na ja, so ungefähr. Ich überlege, Ende der Woche auszugehen. Ich habe so was wie ein …«, er senkte die Stimme, »Date.«

»Ein Date?«

»Also ich gehe nur mit jemandem etwas trinken. Mit einer Frau.«

»Mit einer Frau? Ein Date mit einer Frau? Du?« Ich musterte sein Gesicht, um zu sehen, ob er mich auf den Arm nahm. »Bist du sicher?«

»Ja, Joseph, natürlich bin ich sicher. Und was bitte schön ist daran so erstaunlich?«

»Nichts. Wahrscheinlich.«

»Na ja, also, ich habe sie online in einem Forum kennengelernt. Es ist keine große Sache. Aber ich wollte wissen, was du darüber denkst. Ob du was dagegen hast.«

Ich dachte darüber nach. Natürlich hatte ich etwas dagegen.

Hatte er vergessen, dass er noch mit Mum verheiratet war, auch wenn niemand wusste, wo sie steckte?

Ich zuckte mit den Schultern. »Das ist eigentlich nicht meine Entscheidung, oder?«

»Nein, aber … Ach, es ist nur so eine lose Verabredung und vielleicht ändert sie ja ihre Meinung, sobald sie mich persönlich trifft. Aber wenn ich gehe, könntest du dann vielleicht nebenan übernachten?« Er seufzte und faltete das Geschirrtuch zusammen. »Also gut, Paella am Sonntag. Versprochen. Aber müssen wir wirklich die ganzen Schalentiere drinhaben?«

»Ja, ich will, dass sie original so ist wie in Spanien. Aber du kannst deine rauspicken und ich esse sie dann, wenn du willst.«

»Joseph, du weißt schon, dass in Paella auch Kalamare drin sind, oder?«

»Kalamare? Du meinst so was wie Tintenfisch?« Er nickte und ich erschauderte. »Na gut, dann muss sie vielleicht nicht hundertprozentig so sein wie in Spanien.«

Ich nippte an meiner Suppe. Sie brachte meine Zunge zum Prickeln, wie eine schmerzhafte Version von Brausepulver. Ich wollte mit ihm über mehr als Paella sprechen, wusste aber nicht, wie ich anfangen sollte.

Ich holte tief Luft.

»Dad, hast du gewusst, dass Klaris Ärger macht?«

»Flohs Klaris?«

»Ja. Rocky sagt, sein Dad will sie loswerden.«

Er hängte das Geschirrtuch an einen Haken und atmete laut aus. »Dann muss es wohl schlimmer geworden sein.«

»Was meinst du mit schlimmer? Hat sie schon mal was angestellt?«

Dad verlagerte sein Gewicht und senkte die Stimme. »Na ja, da war dieser Zwischenfall mit dem Kaninchen.«

»Ich dachte, das waren die Hunde.«

»Ja, aber aus irgendeinem Grund haben sie Klaris die Schuld daran gegeben. Auf jeden Fall ist das sehr traurig. Für Floh, meine ich.«

»Ich glaube nicht, dass sonst jemand sie groß vermissen wird. Sie werden bestimmt feiern, wenn sie weg ist.«

Er schüttelte den Kopf. »Ich wünsche niemandem, gekappt zu werden.«

Ich blickte von meiner Suppe auf. »Aber sie sind doch schädlich, oder? Und wenn sie außer Kontrolle ist, muss jemand was unternehmen.« Ich versuchte seinen Gesichtsausdruck zu deuten. »Oder?«

»Ja, ich weiß das alles. Aber sie bedeutet dem kleinen Floh doch so viel. Und das, was man tun muss, um sie rauszukriegen …« Dad blickte zur offenen Hintertür und dann wieder zu mir. »Es kommt mir einfach nicht richtig vor, mehr sage ich gar nicht. Es sei denn, es geht um Leben und Tod.«

»Du meinst, wie in Shorefield?«

Er zögerte. »Ja. Wie in Shorefield.«

Er sah mir zu, wie ich mit dem letzten Brot die restliche Suppe aufwischte, es dann aber wieder in den Teller fallen ließ. Ich hatte keinen Hunger mehr.

»Natürlich war alles auch noch anders, als ich jung war,

Joseph. Da hatten wir nicht so große Angst vor ihnen. Und damals gab es die Kappung noch nicht.«

»Wie ist man unsichtbare Freunde dann losgeworden?«

»Sie sind einfach von sich aus gegangen, wenn sie so weit waren. Die Kinder waren irgendwann zu alt für sie, wie für Milchzähne.«

Er zögerte. »Aber ich weiß von einem gewissen Vorfall. Da war dieses Kind, das keine Geschwister hatte, und Velvet, sein unsichtbarer Freund, war wahrscheinlich sein einziger Spielgefährte. Seine Eltern dachten bestimmt, dass es das Beste für ihn wäre. Sie wollten nicht, dass er in der Schule gehänselt und als Spinner beschimpft wird. Du weißt ja, wie Kinder sein können.«

Das wusste ich.

»Deshalb haben sie irgendwann beschlossen, dass Velvet gehen muss.«

»Ach, und was haben sie getan?«

Dad lächelte. »Sie haben ihn im Klo runtergespült.«

»Runtergespült? Wie einen Goldfisch? Ach, hör auf, Dad. Veräppeln kann ich mich selber.«

Er schüttelte den Kopf. »Das tu ich nicht. Sie sind mit dem Jungen ins Bad gegangen, wo er sich von Velvet verabschieden und ihn dazu bringen musste, in die Toilette zu springen. Nachdem er es getan hatte, haben sie gespült.«

»Und hat es funktioniert?«

»Was glaubst du?«

»Also, ich weiß nicht so recht.«

»Seine Eltern auch nicht. Aber der Junge sagte, Velvet wäre weg, und danach gab es keinen Ärger mehr und alle waren glücklich und zufrieden. Damit war die Sache geregelt.«

Ich sah zu Dad auf, der wie ein Vollidiot grinste. Manchmal mache ich mir ernsthaft Gedanken über ihn.

»Willst du damit sagen, dass sein unsichtbarer Freund gar nicht weg war?«

»Nein, ich sage, dass alle glücklich und zufrieden waren. Können wir denn mehr erwarten als ein Happy End, mein Junge?«

Ein Happy End. Ich konnte es mir nicht vorstellen. Ich hatte das Gefühl, dass wir seit zwei Jahren im traurigen Mittelteil feststeckten.

Ich fing wieder an mit dem Brot den Rand meines Suppentellers abzuwischen, immer rundherum, bis er blitzblank war.

»Dad, was passiert, wenn unsichtbare Freunde abwandern? Müssen alle, in denen sie stecken, gekappt werden?«

»Meine Güte, du stellst Fragen, Joseph.« Er dachte einen Moment lang darüber nach und auf seiner Stirn bildete sich eine Hügellandschaft, wie aus frischem Knetgummi. »Soweit ich weiß, ist es wie beim Rattenfangen. Man muss alle Ausgänge blockieren, damit sie nicht entwischen können.«

Er wuschelte mir durchs Haar. »Aber darüber musst du dir wirklich keine Gedanken machen. Das mit dem Abwandern passiert erst ganz zum Schluss – du wirst dir also nichts einfangen, wenn du Zeit nebenan verbringst.«

Und dann, wie aufs Stichwort, unterbrach Klaris meine Gedanken und surrte wie ein Moskito um mich herum. Wenn ich sie selbst hätte kappen können, hätte ich es mit Vergnügen getan.

Ich wandte mich von Dad ab, damit er meinen Gesichtsausdruck nicht sah, murmelte: »Ich geh raus«, und steuerte auf die Hintertür zu.

Außer Gefahr – fürs Erste

Ich lehnte am Türrahmen und betrachtete den Rasen, auf dem das reinste Chaos herrschte. Da war ein Skateboard, an dem das vierte Rad fehlte, und etliche verblasste blaue Chipstüten schauten wie Unkraut aus dem gelben Gras hervor. Käse-Zwiebel-Geschmack. Sie mussten von Rocky sein; ich kenne sonst niemanden, der diese Geschmacksrichtung mag.

Ich konnte auch ein altes, armeegrünes Modellflugzeug ausmachen, das angekokelt und halb verformt war. Das geschmolzene Plastik hatte sich zu einer Vielzahl von lebensgefährlichen Zacken verhärtet, die man erst bemerkte, wenn man barfuß lief – das waren bestimmt die Zwillinge gewesen. Ich weiß nicht, ob sie sie absichtlich in dem hohen Gras versteckt hatten, aber sie waren wie Landminen verteilt, und nachdem man auf ein oder zwei getreten war, fing man an sich Fragen zu stellen.

Nicht weit vom Haus der Cliffs stand Pos gestreifte Liege. Auch wenn sie ihr nicht offiziell gehörte, war niemand so verrückt es sich darauf gemütlich zu machen. Es war viel sicherer, auf dem Rasen zu liegen und von Ameisen gebissen zu werden.

Es gab nichts, das einem verraten hätte, dass Floh hier lebte. Es sei denn, man zählte Klaris mit, die sich in meiner Nähe herumtrieb und die Fliegen und Wespen verscheuchte, wenn sie zu nah kamen.

Vermutlich hätte ich es lustig gefunden, wenn ich beobachtet hätte, wie Klaris Floh auf diese Weise beschützte. Es war, als spielte sie Insektentennis. Sobald sie sich auf wenige Zentimeter annäherten, schoss sie die verwirrten Viecher weg, indem sie die Luftmoleküle zum Vibrieren brachte. Aber weil mir davor graute, dass irgendjemand die Sache mit ihr herausfand, machte mich alles, was sie tat, wütend, besonders etwas so Offensichtliches.

»Verschwinde einfach, okay? Ich brauche deine Hilfe nicht.«

Daraufhin zog sie wohl tatsächlich ab, denn die Luft um mich herum fühlte sich irgendwie dünner an und eine riesige Bremse landete auf meinem Bein.

Ich scheuchte sie weg und blickte hinüber zu den Feldern auf der anderen Seite des Gartens, die zu Goat Island führen. Im Vergleich zu dem verwahrlosten Rasen waren sie ordentlich, wie eine gelbe Decke. Das Getreide stand hüfthoch, aber es würde schon bald zu grauen Stoppeln niedergemäht werden und den Ausblick auf die Insel hässlich und kahl wirken lassen.

Und dann würde der Wind pfeifend übers Feld wehen und das Ende des Sommers verkünden. Ein weiterer Sommer dahin. Ein weiterer Sommer ohne Mum.

Natürlich vermisste ich sie das ganze Jahr über. Doch sobald die Sonne nicht mehr schien, gab ich die Hoffnung auf. Wenn ich von der Schule nach Hause kam, hielt ich nicht mehr länger den Atem an und wünschte, sie würde lesend vor dem Kamin sitzen oder das Abendessen kochen oder über etwas im Fernsehen lachen.

Oder mit angezogenen Knien aus dem Fenster starren, während sie leise von sich hin weinte.

Aber wenn mein Geburtstag näher rückte, fing ich wieder an daran zu glauben, dass sie bald zurückkommen würde. Denn auf ihrer letzten Postkarte hatte sie geschrieben, dass sie im Sommer zurück sein würde. Sie hatte es versprochen. Daher wusste ich, dass sie kommen würde. Sie hatte nur nicht gesagt, in welchem Sommer.

Nebenan tauchte Floh wie ein Gespenst am offenen Fenster auf. Wenn ich ihn beschreiben müsste, würde ich sagen, dass er dünne, farblose Haare und ein blasses Gesicht hat, mit großen grauen Augen und blonden Wimpern. Ich würde vermutlich auch sagen, dass er schmächtig ist, spindeldürre Arme und Beine hat und immer aussieht, als würden seine Klamotten jemand anderem gehören.

Der finstere Ausdruck auf Flohs Gesicht, mit dem er zu mir herüberschaute, war jedoch unverkennbar seiner. Ich war mir jetzt ziemlich sicher, dass er über Klaris und mich Bescheid wusste, und es gefiel ihm kein bisschen. Daher war ich überrascht, als er vom Fenster verschwand, durch die Hintertür nach draußen kam und herübermarschierte.

Ich versuchte mich normal zu verhalten. »Hi, Floh. Was gibt's?«

Er senkte den Blick auf den trockenen Boden vor ihm und

atmete tief durch. Zum Glück konnte ich sie nicht hören, aber ich wusste, was los war. Er rang mit etwas, das Klaris ihm gerade erzählte.

»Sag ihr einfach, sie soll die Klappe halten, damit du nachdenken kannst.«

Er wirkte erleichtert, als Klaris offensichtlich den Mund hielt.

»Danke. Schon besser«, sagte er. »Sie ist im Moment ein bisschen aufgeregt, wegen allem, was los ist.«

Ich seufzte. Ich war mir nicht sicher, ob ich mit ihm über Klaris reden wollte. Aber ganz bestimmt wollte ich nicht mit ihm über Klaris reden, wenn Dad oder sonst irgendjemand es mitbekommen konnte. Deshalb marschierte ich mit Floh im Schlepptau in die Mitte der Rasenfläche und blieb neben dem alten, ausgetrockneten Vogelbad stehen.

»Also, was ist los, Floh?«

»Du musst erst versprechen, dass du niemandem davon erzählst.«

»Niemandem *was* erzähle? Ach, vergiss es einfach. Ich will es eigentlich gar nicht wissen.« Ich wandte mich zum Gehen.

»Sie möchte unbedingt, dass du verstehst. Sie hört gar nicht mehr auf über dich und das Picknick zu reden und …«

»Welches Picknick? Ich hab keine Ahnung, wovon du redest, Floh.«

»Sie sagt, du hörst nicht zu, aber dass du unbedingt musst. Sie ist total aufgeregt und macht sich Sorgen, dass, wenn sie sie loswerden …«

»Das ist verrückt, Floh! Das hat nichts mit mir zu tun. Wenn du unbedingt einen Untermieter in deinem Hirn haben willst, nur zu! Aber *ich* nicht. Ihr könnt also beide abzischen und mich in Ruhe lassen!«

Ich schreie sonst nie. Die Cliff-Meute schreit ständig herum und niemandem würde es überhaupt auffallen, wenn einer von ihnen losbrüllte. Aber für mich war das Geräusch, das sich aus meiner Kehle gezwängt hatte, etwas ganz und gar Neues. Nur, was hatte ich gesagt? Hatte ich irgendetwas verraten? Ich würde es gleich herausfinden.

»He, Floh, hör auf rumzuspinnen und Joseph in den Wahnsinn zu treiben.« Rocky, der Retter in der Not. Er war durch das Wohnzimmerfenster in das mit Unkraut übersäte Blumenbeet geklettert und kam herübergeschlendert, den Joystick immer noch in der Hand. Als er uns erreichte, legte er mir einen Arm um die Schultern und funkelte seinen kleinen Bruder böse an.

»Beachte ihn einfach gar nicht, Joseph. Lass dich nicht von ihm in seine Spinnerwelt reinziehen.«

Ich konnte aufatmen. Ich hatte nichts verraten. Niemand außer mir und Floh wusste von dem ungebetenen Gast in meinem Kopf. Und vielleicht war sich Floh jetzt auch nicht mehr so sicher. Ich war außer Gefahr – fürs Erste.

Vulpes Vulpes

Als ich wieder zu Hause war, saß Dad am Computer und redete und lachte per Skype mit einer Frau, die ich nicht kannte.

Ich ließ mich aufs Sofa plumpsen und hörte eine Weile lang zu, wie er sich bemühte charmant zu sein. Aber ich konnte mich nicht entspannen, was nicht nur daran lag, dass seine Flirtversuche grauenhaft waren. Mir war wieder eingefallen, dass die Schule schon in einer Woche losging und ich mit meinem Sommerprojekt noch nicht einmal angefangen hatte.

Deshalb wälzte ich mich vom Sofa, suchte das Büchereibuch, das ich im Juli mit nach Hause gebracht hatte – *Vulpes Vulpes: Der einheimische britische Fuchs* –, und machte mich an die Arbeit.

Ich schrieb ein paar langweilige Fakten über Lebensraum und Ernährung des Fuchses heraus, doch wenn ich meinen Lehrer beeindrucken wollte, brauchte ich noch etwas Besonderes. Daher durchstöberte ich ein paar vollgestopfte Schränke, bis ich die Kamera fand.

Seit Mum weg war, hatten wir sie kaum benutzt. Mum war die Fotografin in der Familie. Dad und ich neigen dazu, den Leuten die Köpfe abzuschneiden, weshalb es nicht viele Fotos gibt, auf denen sie auch zu sehen ist. Also, zumindest nicht von den Schultern aufwärts.

Es wurde schon dunkel, als ich in den Garten schlüpfte und zum Apfelbaum am anderen Ende rannte.

Hochklettern, vor allem mit dem dicken Buch in einer Hand und der Kamera um den Hals, ging nicht mehr so leicht wie früher. Meine alten, fußgroßen Kletterlöcher waren auf einmal auf Zehengröße zusammengeschrumpft, der Ast, auf den ich mich setzte, bog sich knarrend durch und die raue Baumrinde bohrte sich mir in den Hintern.

Ich musste nicht lange warten, bis sich unter mir etwas tat, doch es war nur Flohs Mum, die ihre Meute zum Abendessen ins Haus rief. Sie hat diesen Fimmel, dass bei den Mahlzeiten immer die ganze Familie am Tisch sitzen muss. Wir haben das früher auch so gemacht. Es ist komisch, wie man Dinge vermissen kann, von denen man nicht einmal wusste, dass man sie hatte.

Danach wurde es wieder still und ich verbrachte zehn oder fünfzehn Minuten damit, in die Abenddämmerung zu starren. Jedes Mal wenn ich dachte, ich hätte etwas erspäht, kniff ich konzentriert die Augen zusammen, aber es war immer schon weg oder existierte sowieso nur in meinem Kopf – ich war mir nicht sicher, was von beidem. Dann wurde ich von den Gestalten abgelenkt, die sich hinter dem Küchenfenster der Cliffs bewegten, und ich hörte, wie Stühle verrückt wurden und Besteck und Geschirr schepperte. Da waren Schritte und ich sah, wie die Zwillinge aus dem Haus kamen.

Das Besondere an Wills und Egg ist, dass sie total niedlich aussehen. Ihre großen braunen Augen sind rund wie die von Tieren, und obwohl sie schon fünf sind, ist ihr fast schwarzes Haar nie geschnitten worden und reicht ihnen bis zur Hüfte. Sie werden oft für Mädchen gehalten, weil sie so hübsch sind – wie Kinder auf einem Ölgemälde.

Von meinem Hochsitz aus konnte ich sie miteinander reden hören, aber ihre Worte sind ein bisschen wie Musik, sie fließen ohne Unterbrechung ineinander und nicht einmal ihre Mutter kann sie verstehen, wenn sie sich miteinander unterhalten. Doch ich konnte erkennen, dass einer von ihnen etwas in seiner Hosentasche versteckte.

Sie waren nur ein paar Meter vom Baum entfernt, als Floh in der Tür auftauchte. Wills und Egg hielten inne, blickten kurz zu ihm hinüber, wandten sich dann um und marschierten davon. Man konnte unmöglich sagen, welcher Zwilling beschlossen hatte den Augenblick zu beenden und als Erster loszulaufen; es war, als wären sie eine Person mit zwei Körpern. Floh rührte sich nicht von der Stelle und starrte mindestens eine Minute lang in die Dunkelheit des Gartens, bevor er zur Mitte des Rasens ging, sich auf den Rücken legte und Arme und Beine ausstreckte, als würde er einen Schneeengel machen.

Während ich Floh beobachtet hatte, waren die Zwillinge verschwunden. Ich fragte mich, ob sie wieder ins Haus gegangen waren, vielleicht durch die Vordertür? Doch dann hörte ich sie wieder – das leise Säuseln ihrer Stimmen verschmolz zu einem Klang und aufgeregte spitze Töne drangen vereinzelt aus der Nähe des Gartenschuppens herüber.

Ich hatte genug davon, im Baum zu sitzen, und machte mich daran, wieder hinunterzuklettern, rutschte aber aus, weil ich nicht sehen konnte, wo ich hintrat, und schürfte mir dabei die Handflächen an der rauen Rinde auf. Ich kauerte mich im Schatten der Büsche hin und fluchte lautlos, während ich versuchte mir den Schmutz von den Händen zu wischen.

Es war jetzt stockdunkel und in den meisten Fenstern des großen Hauses brannte Licht. Ich sah hinüber zu unserem Cottage, in der Hoffnung, dass es gemütlich und einladend wirken würde, aber die winzigen, tief liegenden Fenster waren dunkel. Dad saß vermutlich immer noch am Computer und hatte nicht bemerkt, wie spät es war. Ich wollte nach Hause rennen, das Licht einschalten und die Rinde und das Moos von meinen brennenden Händen abwaschen, doch ich zögerte, weil in genau diesem Moment ein scharrendes Geräusch zu hören war und sich das Badezimmerfenster der Cliffs ratternd öffnete. Ein Gesicht, schon älter, aber mit dem gleichen dunklen Haar wie Rocky und die Zwillinge, tauchte inmitten einer Dampfwolke auf.

»Egg! Wills! Seid ihr da draußen?« Es war ihre Mutter. Die Zwillinge kamen aus der Dunkelheit geschlendert und gingen langsam auf das Haus zu, als hätten sie das sowieso vorgehabt.

Mrs Cliff blieb jedoch am Fenster stehen. Ich sah einen gelben Funken in der Finsternis aufleuchten und dann das punktförmige orangefarbene Glimmen ihrer Zigarette, das länger wurde, als sie an ihr zog.

»Sie raucht gern heimlich. Sie glaubt, dass wir es nicht wissen.« Die leise Stimme kam von der Mitte des Rasens. Floh drehte den Kopf zu mir. »Hast du einen Fuchs gesehen, Joseph?«

»Mann, Floh, wegen dir hätte ich fast einen Herzinfarkt bekommen. Was machst du da eigentlich?«

»Dasselbe wie du. Ich genieße die Natur.«

Ich stand auf, klopfte mich ab und versuchte so zu tun, als hätte ich mich nicht unter einem Busch versteckt.

»Ich glaube, genießen ist nicht das richtige Wort. Aber woher hast du gewusst, was ich hier mache?«

»Ich hab das Buch gesehen: *Vulpes Vulpes*.« Er drehte sich auf den Bauch und stützte sich auf die Ellbogen. »Du hast ihn verpasst.« Er blickte hinüber zu den Büschen hinten beim Haus. »Dafür kannst du nichts. Man muss wissen, wo man hingucken muss.«

»Wovon redest du?«

»Von dem großen Fuchs. Er kommt zur Seite des Hauses, weil dort die Mülltonnen stehen.«

Es nervte mich, dass Floh wusste, wo man hingucken musste, und ich nicht, doch dann wurde mir klar, dass er mir helfen könnte. »Glaubst du, er kommt zurück?«

»Vielleicht, wenn wir warten und leise sind.« Floh nahm ein halbes Brötchen aus seiner Hosentasche. »Das könnte auch helfen.«

Er warf es ein paar Meter über das Gras. Eine halbe Ewigkeit lang warteten wir schweigend, doch dann bemerkte ich endlich einen Schatten, der sich über den Rasen bewegte. Ich hielt die Kamera bereit, aber der Fuchs ließ sich Zeit und spazierte langsam auf das Brötchen zu, als würde er jeden Tag hier zu Abend essen. Er schnupperte daran, schlang es in einem Stück hinunter und sah dann zu Floh herüber, als erwarte er noch mehr. Ich war so überrascht, dass ich vergaß, warum ich hier war, bis Floh mir einen bösen Blick zuwarf. Ich richtete die Kamera auf den Fuchs und drückte den Auslöser. Das klickende Geräusch und der Blitz erschreckten ihn und er verschwand wieder in der Nacht.

»Hab dich! Danke für deine Hilfe, Floh.«

Er strahlte, als er aufstand und zu mir herüberkam. »Hab ich gern gemacht.«

Einen Moment lang herrschte betretenes Schweigen. Floh und ich waren nicht gerade das, was man Freunde nennen würde. Unsere Unterhaltung vorhin war vermutlich die längste, die wir je gehabt hatten, und die war nicht gerade glatt gelaufen.

»Ich geh lieber zurück«, sagte ich. »Mein Dad wird sich fragen, wo ich bleibe.«

Ich wandte mich um, aber Floh packte mich am Arm.

»Nein. Warte.« Sein Lächeln war einem Ausdruck der Verzweiflung gewichen, den man auf dem Gesicht eines Siebenjährigen nicht sehen sollte. »Ich hab dir geholfen, Joseph. Jetzt bist du an der Reihe, mir zu helfen.«

Ein Haken – ich hätte es wissen müssen.

Er holte einen Zettel aus seiner Hosentasche, der mehrmals gefaltet war.

»Es ist die Liste. Die Liste mit den Sachen, die sie Dads Meinung nach angestellt hat.« Er faltete den Zettel auseinander und hielt ihn hoch. »Er sagt, wenn Klaris noch einmal irgendwas anstellt, schickt er die Liste direkt zum Gemeinderat. Du wirst mir helfen zu beweisen, dass sie unschuldig ist.«

Klaris schwirrte wieder in meinem Kopf herum und drängte mich zuzustimmen. Da ich mich vor Floh nicht mit ihr streiten wollte, sagte ich: »Ich kann das nicht mal lesen. Es ist zu dunkel.«

»Okay, wir schauen sie uns morgen früh zusammen an.« Er drückte mich ungeschickt, doch ich erwiderte seine Umarmung nicht. »Ich bin so erleichtert. Sie hat gesagt, dass du uns helfen würdest, aber ich war mir nicht sicher.«

»Warte mal, Floh, ich, äh …« Aber er hörte nicht zu.

»Wir treffen uns morgen um neun Uhr bei der Bank.« Und weg war er.

Zu Hause kam das einzige Geräusch, das zu hören war, aus dem Wohnzimmer, wo Dad am Computer saß und tippte. Ich wusch mir, so gut ich konnte, das getrocknete Blut von den Händen, setzte mich an den Küchentisch, verdrückte eine Packung Vanillecreme-Kekse und ging ins Bett, ohne ihn zu stören.

In dieser Nacht träumte ich, ich würde in einem Vulkan stecken. Es war höllisch heiß und so dunkel, dass ich absolut nichts sehen konnte. Irgendwie wusste ich, dass Mum in der Magmakammer unter mir gefangen war und dass nur ich sie retten konnte. Ich fing an Felsblöcke hochzuheben, obwohl meine Hände bereits mit Brandblasen übersät waren und bluteten, und ich schleuderte sie hinter mich, als wären sie aus Styropor.

Dann spürte ich, wie der Vulkan zu beben anfing, und die Erschütterung war so stark, dass meine Zähne klapperten. Rot glühende Magmabälle zischten durch die Luft, erleuchteten die Dunkelheit und knallten zischend gegen die Wände der Kammer und dann, wie aus dem Nichts, traf mich ein gigantischer Fels.

Ich wachte auf und berührte meine Stirn. Sie schmerzte. Aber wie konnte ich mich in einem Traum verletzen? Ich betastete sie noch einmal. Da war eine kleine Beule direkt über meiner Augenbraue. Als ich die Nachttischlampe anmachte, spürte ich eine weitere Erschütterung, doch diesmal wusste ich, dass ich nicht träumte. Es passierte tatsächlich.

Das ganze Zimmer bebte und ich konnte ein leises Grollen hören, wie vom Motor eines Lasters.

Als ich zur Tür blickte, sah ich zwei feine Linien, die sich um den Rahmen im Zickzackmuster herum durch den Mauerputz zogen, und ich schrie auf. »Dad! Dad! Das Haus bricht zusammen!«

Dienstag

Die Beule an meiner Stirn

Birds singing in the sycamore tree
Dream a little dream of me-ee – Autsch! Mist!

Das war Dad beim Rasieren. Die Wände im Kiln Cottage sind unglaublich dünn und das Bad ist gleich neben meinem Zimmer. Ich bekomme alles mit, was er darin macht: wie er das Wasser laufen lässt, um seine Zahnbürste darunterzuhalten, und wie er sich die Zähne putzt – übrigens nur zehn Sekunden lang und nicht die zwei Minuten, die er mir immer vorpredigt. Dann läuft das Wasser wieder und die Zahnbürste macht ein klirrendes Geräusch, wenn er sie zurück in den Becher stellt. Und zum Abschluss höre ich ihn gurgeln und sein ekelhaft grünes Mundwasser ausspucken. – Leider kann ich auch hören, wenn er aufs Klo geht. Jedes kleinste Detail.

Man kann durch eine Badezimmerwand viel darüber erfahren, wie es jemandem geht. Ganz am Anfang, nachdem Mum nicht zurückkam, konnte ich ihn immer im Bad weinen hören. Er sperrte auch jedes Mal ab. Zu mir sagte er, dass ich ruhig weinen sollte, wenn mir danach war, aber er selbst schämte sich für seine Tränen.

Dream a little dream of me.

Ich legte mir das Kissen über den Kopf und der Gesang hörte auf. Mit einem Auge konnte ich Dads Gesicht sehen, rot geschrubbt und glatt geschabt. Ein Stück Klopapier klebte ihm am Kinn.

»Guten Morgen, Kumpel. Schön, dass du nach der gestrigen Nacht ein bisschen ausschlafen konntest.«

Er fuhr mit den Fingern über die weit verzweigten Risse, die sich um die Tür herum ausbreiteten. »Jep, ich besorge heute etwas Füllmasse und repariere das. Hätte aber schlimmer sein können – 4,8 auf der Richterskala! Stell dir das mal vor. In den Nachrichten haben sie gesagt, das Epizentrum wäre der Zoo von Dudley gewesen. Die armen Tiere. Die Pinguine haben bestimmt den Schreck ihres Lebens bekommen. Es ist schon für uns Menschen beängstigend, aber wenigstens wissen wir über Seismologie Bescheid – na ja, zumindest über die Grundlagen.«

Er zog die Vorhänge auf.

»Ich bin echt enttäuscht, dass ich es verpasst habe. Nicht zu fassen, dass ich das Ganze verschlafen habe. Deine Mum hat immer gesagt, dass mich nicht mal ein Erdbeben wecken könnte. Wie's aussieht, hatte sie Recht. Mal wieder. Aber sie haben vor einem Nachbeben gewarnt. Hoffentlich verpasse ich das nicht auch.«

Er setzte sich auf die Bettkante, griff nach unten und nahm ein Buch. »Was ist das? *Vulpes Vulpes*?«

»Ach, *das* war's.« Ich nahm das Kissen vom Kopf und schob

meinen Pony hoch, um ihm die Beule an meiner Stirn zu zeigen. »Ich hatte es aufs Regal gestellt. Muss wohl während des Erdbebens runtergefallen sein.« Ich rieb sanft über die Stelle. »Ich hab geträumt, dass mich ein großer Fels getroffen hätte.«

Dad berührte die scharfen Kanten des Buches und sog die Luft ein. »Komische Sache, Träume. Manche Leute glauben, dass sie was bedeuten, aber wenn du mich fragst, hat es eher was mit Verdauungsproblemen zu tun. Hast du vorm Schlafengehen Käse gegessen?«

»Nein. Nur eine halbe Packung Vanillecreme-Kekse.«

Er lächelte. »Daran wird's liegen. Vanillecreme-Kekse sind eindeutig was für den Nachmittag. Die Füllung hat dir wahrscheinlich zu schwer im Magen gelegen. Such dir das nächste Mal was Leichteres aus. Aber eigentlich wollte ich dich fragen, ob du später mit mir in die Stadt fahren willst. Du musst zum Friseur. Wir könnten einen Ausflug draus machen und danach Pizza essen gehen. Was meinst du?«

Ich legte mich wieder auf das Kissen zurück. »Ja, klingt gut.«

Und das tat es auch. Aber wieso kam es mir dann wie ein Bestechungsversuch vor?

»Die Sache ist nämlich die, ich hab dir doch erzählt, dass ich vielleicht mit einer Bekannten ausgehe. Weißt du noch? Also, wie's aussieht, wird es tatsächlich was diesen Freitag, und ich dachte, du könntest mir vielleicht helfen etwas Neues zum Anziehen zu finden?«

Ich warf die Bettdecke zurück, griff nach meinem Morgenmantel und wickelte ihn fest um mich. Ich war dankbar für seine Wärme, obwohl er mir mittlerweile nicht einmal mehr bis zu den Knien reichte.

»Und, erzählst du mir jetzt, wer sie ist?«

»Ja, ja, natürlich. Sie heißt Mandy. Sie ist Klempnerin.« Ich schaute offenbar überrascht. »Was ist daran so schlimm? Es gibt viele Klempnerinnen. Du würdest sie mögen. Sie hat einen tollen Sinn für Humor.«

»Ja, muss sie wohl, wenn sie mit dir ausgeht.«

»He!« Er tat so, als wäre er gekränkt. »Also, wie ich schon sagte, es ist nichts Ernstes. Wir interessieren uns beide nur für Probleme der modernen Heiz- und Sanitäranlagentechnik.«

Ich kicherte. »Was für Probleme? Rückenschmerzen und Rohrpreise?«

Er setzte diesen überlegenen Blick auf, an dem er sich manchmal versucht. »Das würdest du nicht verstehen.« Dann bemerkte er meine Hände. »O mein Gott, Joseph, was hast du gemacht?«

»Es ist nichts. Ich hab sie mir nur aufgekratzt, als ich auf einen Baum geklettert bin.«

»Zeig mal her. Das muss richtig gesäubert werden.«

Er streckte die Hände nach mir aus.

»Nein. Alles gut. Ich habe sie mir gestern Abend ordentlich gewaschen. Aber du könntest mir ein paar arme Ritter machen, wenn du magst. Ich glaube nicht, dass ich mit diesen Händen kochen kann.«

»Ja, natürlich. Arme Ritter, zwei an der Zahl, sind schon unterwegs.«

Doch er drückte sich noch einen Moment lang in der Tür herum.

»Joseph, dass ich mich mit einer Frau treffe, bedeutet nicht, dass ich hier mit dir nicht glücklich bin. Und ich habe auch nicht vor, deine Mum zu ersetzen. Ich will nur ab und zu mal rauskommen, das ist alles.«

»Ich weiß, Dad. Das ist … das ist schon in Ordnung.«

Eine getippte Liste

Ich ging mit meinem zweiten, labberigen armen Ritter in der Hand in den Garten. Floh saß bereits auf der alten grünen Bank und ließ die Beine baumeln.

»Was macht die Zikatrisierung, Joseph?«

»Hä?«

»Die Vernarbung. Das ist der medizinische Fachbegriff dafür.«

»Oh.« Ich fragte mich, wie Floh so viel wissen konnte, wo er doch gerade mal sieben Jahre Zeit gehabt hatte, Dinge zu lernen. »Ja, alles in Ordnung, denke ich.« Eine peinliche Stille trat ein. »Okay, zeig mir, was du da hast, aber das bedeutet nicht, dass ich dir helfen werde.«

Er ließ wieder einen Moment lang die Beine baumeln und ich konnte ihm ansehen, dass er gegen das Klaris-Geschnatter in seinem Kopf ankämpfte. Dann hielt er mir einen Zettel hin.

Es war eine getippte Liste.

Klaris – Liste ihrer Vergehen

1. Macht ständig die Autobeleuchtung an
   und entlädt die Batterie
2. Hat mutwillig mein Stethoskop beschädigt
3. Hat das Kaninchen getötet
4. Hat den Hunden meinen Whisky (den teuren)
   zu trinken gegeben

Ich las die Liste durch und gab sie Floh zurück.

»Das sind ja nicht gerade die Verbrechen des Jahrhunderts, oder? Das lässt einen kaum vermuten, dass sie kurz davor steht, völlig durchzudrehen und Amok zu laufen. Hör mal, wenn du mich fragst, musst du dir wirklich keine Sorgen machen. Dein Dad wird die ganze Sache in ein paar Tagen vergessen haben. In der Zwischenzeit musst du Klaris einfach sagen, dass sie sich unauffällig verhalten und zusammenreißen soll.«

Seine Unterlippe zitterte. »Das sieht doch jeder, dass sie das nicht war – nichts von den Sachen. Das könnte sie gar nicht. Sie kann mit ihren Vibrationen nur die Moleküle in Flüssigkeiten und Gasen beeinflussen. Sie kann nicht mal die Haut auf dem Vanillepudding abheben. Ich weiß es, weil sie es schon probiert hat. Und um den Deckel der Whiskyflasche aufzudrehen oder um ein Stethoskop kaputt zu machen, braucht man Muskeln.«

»Aber manche bösartige Unsichtbare können feste Gegenstände benutzen«, wandte ich ein. »Wie das Messer, mit dem alle in Shorefield umgebracht worden sind.«

Floh erschauderte. »Das ist nie wirklich bewiesen worden. Aber das alles ist sowieso nur ein Vorwand, weil mein Dad total paranoid ist, wenn es um unsichtbare Freunde geht. Und bei der leisesten Vermutung, dass sie noch was angestellt hat, wird er sofort ABUP anrufen …«

»ABUP?«

»Die Abteilung für Bösartige Unsichtbare Personen im Gemeinderat – und er wird ihnen diese Liste schicken. Es ist mir egal, was sie mit mir machen, aber sie werden sie töten, Joseph. Du musst mir helfen zu beweisen, dass sie unschuldig ist.«

»Auch wenn ich es wollte – und ich bin nicht sicher, dass ich es will –, was kann ich schon dagegen tun?«

»Du könntest die Sache wie ein Polizeiermittler untersuchen. Alle verhören, Fragen stellen und herausfinden, wer der wahre Schuldige ist. Und wenn wir meinem Dad die ganzen Beweise vorlegen, dann muss er die Sache vergessen.«

Ich stopfte mir den letzten Bissen armer Ritter in den Mund und wischte mir über die Lippen.

»Warum machst *du* das nicht?«

Er schwieg einen Moment lang. Dann drehte er sich zu mir und seine grauen Augen glänzten.

»Du weißt, dass ich das nicht kann. Du weißt, dass sie nicht auf mich hören würden. Aber dir würden sie die Wahrheit sagen. Alle mögen dich. Niemand mag mich.«

Ich wollte gerade sagen, dass er aufhören solle sich selbst leidzutun, als ich sah, wie ihm dicke, schillernde Tränen über die Wangen liefen, und schluckte die Worte herunter. Mum hat auch immer so geweint. Lautlos, so dass man es gar nicht mitbekam. Ich hatte es beinahe vergessen.

Floh wischte sich die Tränen mit dem Saum seines T-Shirts weg und flüsterte: »Ich weiß nicht, was ich ohne Klaris tun soll.« Dann sah er mir in die Augen und redete wieder normaler. »Sie hat gesagt, du würdest uns helfen. Sie war sich ganz sicher.«

Rocky tauchte am anderen Ende des Gartens auf. Es war Zeit, dieses Gespräch zu beenden.

»Entschuldige, Floh. Muss los.«

Ich marschierte davon.

Es ist peinlich

Ich traf Rocky in der Mitte des Rasens.

»Hey, Joseph, wo gehst du hin?«

»Nirgends.« Ich wollte jetzt nicht reden. Nach meinem Gespräch mit Floh und seinen Tränen fühlte ich mich innerlich ganz aufgewühlt und ich hatte Angst, dass mir in dem Zustand etwas Dummes rausrutschen könnte. Also lief ich an Rocky vorbei zum Ende des Gartens und durch die Holzpforte hinaus in die Getreidefelder.

Rocky, der den Wink natürlich nicht verstand, kam mir hinterher und rief: »Warum hängst du mit dem Spinner ab?«

Ich verlangsamte meinen Schritt und seufzte laut. »Ich hänge nicht mit ihm ab. Wir sind Nachbarn. Wir teilen uns einen Garten, schon vergessen?«

»Ja, aber er hat mir erzählt, ihr zwei hättet heute Morgen ein geheimes Treffen.«

»Na und?«, gab ich zurück. »Bist du eifersüchtig?«

»Nein, natürlich nicht. Aber du musst schon zugeben, mit Floh abzuhängen ist ein bisschen …«

Ich blieb stehen und blaffte ihn an: »Ist ein bisschen was, Rocky? Ein bisschen traurig, weil seine einzige Freundin nur in seiner Fantasie existiert – wolltest du das sagen? Oder geht es darum, dass er völlig fertig ist, weil sie gekappt wird? Findest du das so peinlich?«

Rocky trat einen Schritt zurück. »Nein, das wollte ich damit nicht sagen.«

»Na schön, was wolltest du dann sagen?«

Er verschränkte die Arme und schaute böse. »Nichts.«

Ich drehte mich um und lief weiter und er folgte mir. »Ich meine, wir reden hier von Floh, oder? *Floh!* Du weißt, dass er ein Freak ist, Joseph. Das würde er sogar selber zugeben. Wahrscheinlich ist er auch noch stolz drauf. Er versucht doch nicht mal, normal zu sein. Und es ist peinlich, mit so jemand verwandt zu sein. Du bist Einzelkind – du weißt nicht, wie es ist, Geschwister zu haben, für die man sich schämen muss.«

»Danke auch, dass du mich daran erinnerst.«

»Es geht nicht nur um Klaris, weißt du. Dafür kann Floh ja eigentlich nichts.« Er schwieg einen Moment. »Also, wenn man sich's recht überlegt, hat er sogar ziemliches Glück.«

Ich lachte. »Glück? Was soll denn der Quatsch? Sogar in seiner eigenen Familie ist er ein Außenseiter, und die einzige Person, die er auf der ganzen Welt hat, soll ausgelöscht werden.«

»Ja, ja, das weiß ich alles. Ich meine ja bloß, dass er eigentlich ziemlich viel Glück hat, eine Freundin zu haben, die keiner sehen kann.«

Ich blieb stehen. »Rocky, wovon redest du eigentlich?«

»Also, ich hab nachgedacht – du und ich, wir sind die besten Kumpel, ganz klar. Wir sind immer zusammen. Aber dann musst du zum Abendessen nach Hause und ins Bett gehen und das alles.«

»Ja, und?«

»Aber wenn man einen unsichtbaren Freund hat, ist einfach immer was geboten.«

Ich lief wieder los.

Er folgte mir. »Nein, wirklich, ich mein's ernst. Ich weiß, alle sagen, dass sie gefährlich sein können, aber das hab ich jetzt auch durchschaut.«

Ich blieb wieder stehen. »Okay, das will ich hören.«

»Na ja, ist dir schon mal aufgefallen, dass Erwachsene immer dann behaupten, etwas wäre gefährlich, wenn es richtig viel Spaß macht? Wie mit Messern spielen und Bier trinken und nachts schwimmen gehen – alles zu ›gefährlich‹ für uns, sagen sie. Was ist, wenn das auch für Klaris und ihre Kumpel gilt? Wahrscheinlich sind sie total harmlos, aber die Erwachsenen wollen uns einfach nur den Spaß vermiesen.«

Ich musterte ihn und versuchte herauszufinden, ob er es ernst meinte.

Er machte weiter. »Stell dir das mal vor. Ihr könntet jeden Abend zusammen in deinem Zimmer übernachten. Bis vier Uhr früh aufbleiben. Sogar wenn am nächsten Morgen Schule ist. Und niemand könnte euch davon abhalten.«

Ich lächelte. »Ja, und diese Art Freunde würden nicht die Hälfte der Chips und Süßigkeiten aufessen.«

»Genau.« Er grinste. »Und sie könnten dir in der Schule beim Schummeln helfen. Das wäre cool.«

»Ja, aber nur, wenn man einen Jungen als unsichtbaren Freund hat«, fügte ich hinzu, weil ich immer noch dachte, dass er Witze machte.

»Natürlich. Und er müsste knallhart sein. Kein Weichei wie Klaris.«

»Aber man müsste dafür sorgen, dass niemand davon erfährt. Man will ja nicht alle seine echten Kumpel verlieren.«

»Na klar. Ich bin ja nicht blöd, oder?«

Darauf antwortete ich nicht.

Er wirkte ganz aufgeregt. »Also, was meinst du, wie man einen kriegt?«

»Wieso fragst du mich?«

»Ich dachte bloß, du wüsstest es vielleicht.«

Ich versuchte ganz lässig zu klingen. »Na ja, zufälligerweise tue ich das vielleicht.« Noch während ich es sagte, wusste ich, dass ich einen Riesenfehler beging, aber ich konnte mich nicht zurückhalten. Zumindest war ich schlau genug, mich abzusichern. »Aber du musst schwören, dass du keinem davon erzählst.«

Er legte sich kurz die Hand aufs Herz und dann spuckten wir beide in unsere Linke. Danach besiegelten wir es mit einem Handschlag und er leckte seine Handfläche ab.

»Okay, sagst du's mir jetzt?«

Ich atmete tief durch. »Also, die Sache ist die, eigentlich weiß ich es nicht. Aber es gibt da jemanden, der es weiß.«

»Nein«, sagte er. »Außer uns darf keiner was mitkriegen.«

»Es ist kein Mensch. Es ist ... es ist Klaris. Ich werde Klaris für dich fragen.«

»Vergiss es, Joseph. Denn dazu musst du ja mit Floh reden und dann findet es bestimmt noch jemand anderes raus.«

»Du verstehst nicht, Rocky. Ich kann Klaris *direkt* fragen.«

Er starrte mich an. »Was meinst du mit ›direkt‹? Niemand kann mit ihr sprechen, nur Floh.«

Ich holte tief Luft. »Ich kann Klaris direkt fragen, weil sie, äh ...« Er blickte verwirrt. »Sie spricht mit mir.« Ich sah ihm nicht in die Augen, als ich weiterredete. »Schon seit Monaten. Ich will das gar nicht. Und die meiste Zeit versuche ich sie zu ignorieren. Ich sag ihr ständig, sie soll verschwinden. Aber wenn du willst, tu ich dir den Gefallen und frage sie.«

Er starrte mich mit offenem Mund an.

»Was ist los?«, fragte ich.

Er schluckte und sagte leise: »Das ist nicht dasselbe.« Dann sah er mir in die Augen, seine Stimme war hart und eindringlich. »Sie gehört zu Floh, Joseph. Wenn sie mit dir spricht, wandert sie gerade ab. Das ist eine der Phasen, das weißt du. Es bedeutet, dass mein Dad doch Recht hat – sie wird bösartig. Wenn sie bösartig werden, können sie uns schaden, uns sogar umbringen. Wie in Shorefield und in dieser anderen Stadt vor ein paar Monaten. Unsere ganze Familie könnte Ende der Woche tot sein. Wir müssen es jemandem sagen, bevor etwas Schreckliches passiert.«

»Nein, du hast das alles falsch verstanden«, schrie ich. »Sie ist nicht gefährlich, sie ist bloß 'ne Nervensäge. Und schau, ich bin immer noch derselbe. Hab ich mich etwa verändert? Seh ich anders aus? Hab ich mich in letzter Zeit komisch verhalten? Nein, natürlich nicht. Ich bin derselbe alte Joseph.«

Sein Blick war auf mein Gesicht gerichtet, starr, als würde er mich nicht mehr erkennen. Als wäre ich nicht mehr derselbe. Als hätte ich ihm endlich mein wahres Ich gezeigt. Was ich wohl tatsächlich getan hatte.

Ich musste schnell einen Rückzieher machen. »Bitte, Rocky, erzähl niemandem davon. Du hast versprochen, dass du es für dich behältst. Du hast es hoch und heilig geschworen und wir haben darauf eingeschlagen. Schau.« Ich hielt meine Handfläche hoch, auf der noch seine Spucke glänzte.

Ich sah, wie er zögerte. »Du kannst so einen Schwur nicht brechen, Rocky. Nicht ungestraft.«

»Tut mir leid«, sagte er. »Ich muss.« Und dann rannte er zurück zum Haus.

Ich wusste genau, was als Nächstes passieren würde, und man brauchte auch nicht viel Fantasie – von der ich, wie schon gesagt, nur wenig besitze –, um sich auszumalen, dass es nicht lustig werden würde.

Fauler Zahn

Während ich ihm nachsah, legte ich mir die Hände um den Kopf und verspürte zum zweiten Mal in zwei Tagen den Drang, ihn gegen etwas sehr Hartes zu knallen. Zum Glück haben Felder keine Wände und so watete ich durch das Getreide, trampelte die Stängel nieder und schlug die Pflanzen beiseite, damit sie mich beim Zurückschnellen auch richtig verkratzten, und brüllte: »Blödmann! Blödmann! Blödmann!« Und zum ersten Mal seit Jahren, soweit ich mich erinnern konnte, weinte ich echte Tränen.

Dann erreichte ich die Mitte des Felds und Klaris sprach mit mir. Auch wenn ich sie nicht so gut verstehen konnte wie Floh, blieb ich stehen und lauschte. Sie wollte, dass ich zur Insel ging. Da ich nicht wusste, was ich sonst tun sollte, schlug ich diese Richtung ein. Ich überlegte so halb, ob sie mich auffordern würde in den Fluss zu springen, und es war mir ganz egal.

Aber als wir das Ufer erreichten, fühlte ich mich schon besser; ich war ganz ruhig, so als hätte ich wieder zu mir selbst gefunden.

Ich setzte mich auf die staubige Böschung neben das alte hölzerne Ruderboot meines Vaters, die *Lady Claire*, und sah hinüber zu Goat Island.

Die meisten hier nennen die Insel Ghost Island, dabei gibt es dort überhaupt keine spukenden Gespenster. Dieses Gerücht hatte nur der hiesige Bauer in die Welt gesetzt, um die Leute von seinen Feldern fernzuhalten. Aber ihm gehört die Insel nicht. Sie gehört den Cliffs und uns – sie ist Teil unseres Grundstücks.

Wir hatten den Fluss schon seit Jahren nicht mehr überquert. Das tat niemand mehr, außer ein paar von Dr. Cliffs Freunden, die übersetzten, um Tauben zu schießen.

An diesem Tag wirkte die Insel zur Abwechslung mal einladend. Alle Bäume waren grün und voller Leben, außer dem höchsten, einem alten Bergahorn, in den vor ein paar Sommern der Blitz eingeschlagen hatte und der wie ein fauler Zahn hervorstach – lediglich eine weiß blühende Winde schlängelte sich um seinen dicken Stamm.

Ich erinnerte mich noch gut an dieses Gewitter. Es war an meinem Geburtstag gewesen und wir hätten beinahe das Boot verloren. Es wurde ein paar Tage später fast einen Kilometer flussabwärts gefunden. Dad kaufte daraufhin eine Kette und ein Vorhängeschloss, damit so was nicht wieder passieren konnte.

Ich gab der *Lady Claire* einen sanften Tritt und sie schaukelte wie ein dicker, aufgekratzter Hund hin und her. Ich wollte gerade noch einmal fester zutreten, als ich einen verkohlten Stock entdeckte, an dem noch ein paar vertrocknete Ahornsamen klebten. Er trieb direkt auf mich zu. Ich fischte ihn heraus, zusammen mit einem langen Algenstreifen, und muffiges Wasser tropfte meinen Arm entlang in mein T-Shirt. Ich hielt den Stock einen Moment lang in die Luft und spürte das Wasser auf meinem Körper. Dann zog ich den Arm zurück, schleuderte den Stock in den Fluss und sah zu, wie er davontrieb.

Und ich wünschte, dass ich Klaris genauso leicht loswerden könnte.

Einer der Spinner

Alle sahen auf, als ich hereinkam.

Floh saß am Küchentisch der Cliffs, angespannt und blass, und hatte eine Tasse Tee mit viel Milch vor sich stehen.

Seine Mum lächelte in meine Richtung, wich meinem Blick aber aus. *Es ist also passiert*, dachte ich. Ich war jetzt einer der Spinner. Es ist unglaublich, wie schnell sich Dinge verändern können.

»Hallo, Joseph.« Ihre Stimme klang merkwürdig gezwungen. »Ich, äh, ich glaube, wir müssen uns mal unterhalten. Vielleicht könntest du kurz nach oben ins Arbeitszimmer kommen?«

Ich sah auf Rocky hinunter, der seine Tasse Kakao mit der Hand zuhielt, als könnte ich sie mit meinem Spinnerhirn infizieren. Er zuckte mit den Schultern. Es war unnötig, irgendetwas zu sagen. Er hatte sein Versprechen gebrochen, aber ich hätte vielleicht dasselbe getan. Wir wussten alle Bescheid: Obwohl die meisten von ihnen kein Problem darstellen, dreht manchmal einer durch und wird bösartig – genau wie bei uns Menschen. Man muss auf die Zeichen achten. Auf die Kleinigkeiten, die man zuerst nicht unbedingt bemerkt: dass Dinge woandershin gestellt werden, verschwinden oder kaputtgehen.

Dann plötzliche Pechsträhnen: Leute werden krank, verlieren ihren Job, ihre Ehe geht in die Brüche. Dann fangen sie an abzuwandern.

Und man muss sie aufhalten, bevor es zu einer Tragödie kommt. Jedenfalls wird das immer behauptet. Natürlich wollte ich, dass Klaris aus meinem Kopf verschwand. Aber ich wollte nicht, dass Leute davon erfuhren und mich für einen Spinner hielten. Ich wollte die Kappung nicht. Und eigentlich wollte ich auch nicht der Grund sein, warum Flohs einzige Freundin gehen musste. Auch wenn sie eine Nervensäge war.

Als ich Mrs Cliff die dunkle Treppe nach oben folgte, hörte ich die heisere Doktorenstimme ihres Mannes durch die schwere Tür dröhnen. Er war ein sehr großer Mann und der Klang wurde durch seinen massigen Körper verstärkt.

Wir gingen hinein.

»Rufen Sie mich an, wenn es schlimmer wird. Auf Wiederhören.« Dr. Cliff legte auf und bedeutete mir, mich auf den Stuhl auf der anderen Seite des Schreibtisches zu setzen. Er war eigentlich nicht mein Hausarzt, aber für einen Augenblick hatte ich das Gefühl, dass er mir gleich die Brust abhören oder mich nach meinem Stuhlgang fragen würde. Stattdessen nahm er seine Brille ab, putzte sie mit dem Zipfel seines Hemds, das ihm über dem Bauch spannte, setzte sie wieder auf und starrte mich einen Moment lang an, bevor er schließlich tief durchatmete und sprach.

»Joseph, Rocky hat mir gerade etwas erzählt und ich muss dich fragen, ob es stimmt.«

Ich nickte.

»Er hat gesagt, dass Klaris mit dir spricht.«

Ich wand mich auf meinem Stuhl. »Also, nicht wirklich ...«

»Aber sie ist mit dir in Kontakt getreten?« Er blickte auf ein Merkblatt und las davon ab.

»Er/Sie macht sich mit oder ohne Ermunterung bemerkbar; steuert zu Kommunikationszwecken und/oder um das Verhalten des Betroffenen zu beeinflussen, dessen Gedankenprozesse; redet/singt/lacht mit ihm, schreit ihn an.«

Er sah auf. »Also? Hat sie irgendetwas davon getan?«

Ich schwieg.

»Siehst du das?« Er griff nach dem Stethoskop, das zusammengerollt auf seinem Schreibtisch lag. Dann legte er es sich um den Hals, aber der Gummischlauch und die Metallscheibe endeten direkt an seinem Adamsapfel.

»Sie hat gut fünfzehn Zentimeter herausgeschnitten und alles so sorgfältig wieder zusammengeklebt, dass es mir erst aufgefallen ist, als es zu spät war. Sie fand das wohl witzig. Also, ich kann dir sagen, dass Mrs Jackson es gar nicht lustig fand, als ich damit ihre Brust abhören musste. Ich kann von Glück reden, dass sie mich nicht wegen groben Fehlverhaltens angezeigt hat.«

Dr. Cliff warf das Stethoskop wieder auf den Schreibtisch und lehnte sich in seinem knarrenden Ledersessel zurück. »Und dann habe ich heute herausgefunden, dass sie die Rückseite des Schuppens mit ihrem Namen ›verziert‹ hat. Hast du das gewusst? Wie es aussieht, hat sie ihn mit einem Messer eingeritzt.«

Ich erinnerte mich daran, wie die Zwillinge im Garten aus meinem Blickfeld verschwunden waren, während ich im Apfelbaum nach dem Fuchs Ausschau gehalten hatte.

»Ich glaube, das waren Wills und Egg.«

Er wischte die Idee mit seiner fleckigen Hand beiseite. »Nein, die Zwillinge können gar nicht schreiben. Sie weigern sich es zu lernen. In der Schule wissen sie nicht, was sie mit ihnen anstellen sollen. Aber egal, das Entscheidende ist, dass sie offenbar ein Messer benutzt hat. Ein Messer! Wie lange wird es da noch dauern, bis sie *uns* mit Waffen angreift? Sie wird immer dreister. Erst waren es nur Kleinigkeiten und dann ...« Er warf seiner Frau einen Blick zu, die starrte erbost zurück. »Nun, das musst du nicht alles wissen. Wichtig ist, dass sie sich auch bei dir angesiedelt hat. Sie ist dabei abzuwandern und wir müssen schnell handeln.«

»Nein, Sie liegen falsch.« Es ging mir total gegen den Strich, dass er sich bei den wenigen Beweisen bereits eine Meinung gebildet hatte. Es kam mir fast so vor, als *wollte* er, dass sie schuldig war. »Klaris ist harmlos. Sie würde keiner Fliege was zu Leide tun. So ist sie nicht.«

Auf seinem Gesicht blitzte ein sehr professionelles Lächeln auf. Er hatte mich in die Falle tappen lassen. Ich war in diesen Dingen wirklich eine Niete.

»Dann sag mir doch, wie sie ist, Joseph.«

Ich zuckte mit den Schultern. »Ich weiß nicht. Ein bisschen langweilig. Sie kann einem manchmal ganz schön auf die Nerven gehen, eigentlich sogar ziemlich oft. Aber meistens ist sie einfach …« Ich wusste, dass es bescheuert klingen würde, bevor ich es überhaupt ausgesprochen hatte. »Freundlich.«

»Freundlich? Freundlich?« Seine Stimme wurde lauter. »Du nennst diese willentliche Zerstörung freundlich?« Er wedelte mit dem verkrüppelten Stethoskop vor mir herum. Ich sah zu Mrs Cliff hinüber, die ein erschrockenes Gesicht machte.

»Nein, natürlich nicht«, sagte ich leise. »Ich verstehe nicht, warum sie das getan hat. Sind Sie sicher, dass es nicht jemand anders war?« Er warf mir einen frostigen Blick zu und einen Moment lang herrschte Stille. Dann hatte ich eine Idee. »Also ich glaube ja, dass sie mich eh bald in Ruhe lässt. Können wir nicht erst mal ein bisschen abwarten? In ein paar Wochen sieht es vielleicht schon ganz anders aus. Ärzte sagen das immer.«

Er atmete laut aus. »Leider nicht in diesem Fall, Joseph. Sie hat dich ganz offensichtlich einer Gehirnwäsche unterzogen, so dass du nicht klar denken kannst. Darum bringt es nichts, die Sache weiter zu besprechen. Wir müssen jetzt handeln. Ich werde den Gemeinderat anrufen und um professionelle Hilfe bitten.«

Er nahm das Merkblatt. »Am besten stellt man sie sich einfach wie Warzen vor. Man kann warten, bis sie von alleine verschwinden, und geht dabei das Risiko ein, dass sich die ganze Familie infiziert. Oder«, er tat, als würde er sich mit dem Merkblatt die Kehle aufschlitzen, »man schneidet sie heraus und beugt damit weiteren Problemen vor.«

»Aber was ist mit Floh?«, fragte ich. »Klaris ist seine beste Freundin.«

Er lehnte sich wieder in seinem Sessel zurück und sah mir fest in die Augen.

»Vertrau mir, Joseph. Er wird neue Freunde finden.« Er klang bestimmt. »Echte diesmal.« Dann reichte er mir das Merkblatt. »Nimm das mit nach Hause und lies es.«

Abteilung für Bösartige Unsichtbare Personen (ABUP)
SIND SIE VON EINER UNSICHTBAREN PERSON BEFALLEN?
Diagnose, Behandlung und Nachsorge

»Und mach dir keine Sorgen. Wir bringen das im Handumdrehen in Ordnung. Es wird dir so vorkommen, als hätte es Klaris nie gegeben.« Er setzte wieder dieses Lächeln auf, drehte sich weg und fing an am Computer zu tippen. Ich verließ das Zimmer und schloss die Tür. Aber bevor ich zur Treppe ging, hörte ich Mrs Cliff sagen: »Du kannst Klaris nicht für unsere Probleme verantwortlich machen, Joe.«

»Ach nein? Du wirst schon sehen. Sobald sie weg ist, wird alles wieder wie früher.«

Basketball auf dem Mond

Zu Hause stürmte ich durch die Tür, die Augen voller Tränen.

»Immer langsam, Joseph«, sagte Dad, als er vom Computer aufblickte. Er sah mein Gesicht. »Was ist los?«

»Nichts.«

Er stand vom Sofa auf und kam zu mir herüber. »Was für eine Art Nichts?«

Ich zögerte. Er würde es sowieso bald herausfinden. Dr. Cliff würde es ihm sagen. Selbst wenn er es nicht tat, würde ABUP bei Dad die Genehmigung für die Behandlung einholen müssen. Aber bis es so weit war, wollte ich ihm die gute Laune nicht verderben. Er war in letzter Zeit richtig fröhlich gewesen und ich wollte nie wieder diesen Ausdruck in seinem Gesicht sehen: den Ich-fühle-mich-wie-ein-geprügelter-Hund-Blick, mit dem er monatelang herumgelaufen war, als Mum nicht zurückkam. Denselben Blick, den er früher immer gehabt hatte, wenn sie sich merkwürdig verhielt, tagelang nicht aufstand oder nicht aufhören konnte zu weinen. Ich brauchte jemanden um mich herum, der glücklich und stark und einfach normal war. Selbst wenn ich dafür lügen musste.

»Es ist Klaris. Flohs Dad will sie jetzt unbedingt loswerden.«

»Und du bist traurig wegen Floh?«

Ich nickte und hatte sofort ein höllisch schlechtes Gewissen.

Er zog mich an sich und drückte mich ganz lange und fest.

Der warme Stoff seines T-Shirts dämpfte meine Stimme, als ich fragte: »Dad, kennst du dich mit der Kappung aus?«

»Hmm.«

»Wie wird das gemacht? Wie genau werden sie entfernt?«

In der Pause, bevor er antwortete, konnte ich spüren, wie mich Klaris' Schmerz erfüllte. Und ich wünschte, sie würde ihre Gefühle für sich behalten.

»Also ... ihr, äh, ihr Lebensumfeld wird verkleinert. Es ist ein bisschen wie mit Pandabären – wenn man zu viel Bambus abholzt, sterben sie aus.«

»Bambus? Wovon redest du da?«

Er seufzte und ließ mich los. »Du bist jetzt wohl alt genug, um die Details zu hören. Aber erzähl es nicht Floh, es würde ihm nur unnötig Angst machen.« Er rieb sich so heftig die Stirn, dass weiße Druckspuren zurückblieben. »Wenn ich es richtig verstanden habe, wird man an einen Gehirnscanner angeschlossen, der anzeigt, welcher Bereich aufleuchtet, wenn man seine Fantasie benutzt, und dann ... also dann wird dieser Bereich verkleinert.«

»Wie, schneiden sie ihn mit einem Messer raus?«

Er schüttelte den Kopf. »Nein, sie benutzen kein Messer, sondern Laser. Mit dem bestrahlen sie den Ort, an dem die Fantasie sitzt, und lassen ihn ... schrumpfen.«

»Schrumpfen?«

»Na ja, *schrumpfen* ist wahrscheinlich nicht der korrekte medizinische Begriff. Es geht darum, die Fantasie nicht ganz auszulöschen, sondern ihren Bereich nur so weit zu reduzieren, dass sich dort nichts mehr festsetzen kann.«

Ich versuchte krampfhaft nicht den Kopf in den Händen zu vergraben.

»Wie viel Fantasie bleibt einem noch übrig? Kann man danach immer noch Sachen erfinden? Kann man noch tagträumen?«

Er schüttelte langsam den Kopf.

Ich ließ das einen Moment lang sacken und überlegte, was es für mich bedeuten würde.

Ich würde mir nie vorstellen können auf den Tragflächen eines Doppeldeckers entlangzulaufen.

Oder auf dem Mond Basketball zu spielen.

Oder mit Haien zu schwimmen.

Ich würde nie unglaubliche Dinge erfinden können, um die Erde zu retten.

Und dann, als wäre ein Schatten auf mich gefallen, wurde mir noch etwas anderes bewusst.

Ich würde mir nie wieder vorstellen können, dass meine Mutter zurückkommt.

Ich würde sie nicht mehr sehen, hören, fühlen und sogar riechen können, wann immer ich wollte. Zwar hätte ich noch meine Erinnerungen, aber die waren bereits so verblasst, dass sie ihr kaum noch ähnelten.

Sie wäre nicht mehr da. Und dieses Mal endgültig.

Ich sprang auf und rannte, so schnell ich konnte, zurück zum Haus der Cliffs.

Floh und Rocky saßen immer noch am Küchentisch.

Die Brüder sahen beide zu mir auf. Rocky mit einem verlegenen Grinsen und Floh mit einem traurigen Lächeln. Ich stand in der Tür und starrte Rocky direkt ins Gesicht. Er war mein bester Freund, aber er kannte die Regeln. Unsere Regeln.

»Du erinnerst dich bestimmt an die Strafe, wenn man einen feierlichen Schwur bricht«, sagte ich.

»Was?« Er aß gerade einen Toast mit Butter und ich konnte die breiige Pampe in seinem Mund sehen, während er kaute.

Ich drehte einen Stuhl herum, setzte mich rittlings darauf und drückte die Brust gegen die Lehne.

»Du hast die Hand aufs Herz gelegt und die Spucke abgeleckt, Rocky. Und jetzt musst du die Konsequenzen tragen – Nummer zehn.«

Er drückte die Stirn auf die Tischplatte und stöhnte. »Ich weiß. Ich weiß. Ich verdiene es.«

Während er mit gebeugtem Kopf dasaß, nahm ich die letzte Scheibe Toastbrot von seinem Teller.

»Ich kann's dir nicht richtig übel nehmen. Aber die Regeln sind die Regeln. Und du hast die wichtigste von allen gebrochen.«

Er setzte sich wieder auf, zupfte ein paar Krümel von seinem T-Shirt und steckte sie sich in den Mund. »Na schön, dann bin ich jetzt wohl eine Woche lang dein Sklave. Es gibt

Schlimmeres. Außer du willst mich den Löwen vorwerfen oder so was?«

»Nö. Du hast Glück, die Löwen sind uns ausgegangen. Aber ich werde vielleicht deine Hilfe brauchen. Denn dank deiner großen Klappe haben wir ein Problem. Floh und ich werden gekappt werden.«

»Ja, ich weiß. Aber sie wandert ab, Joseph. Sie ist gefährlich.«

»Da liegst du voll daneben, Klugscheißer. Klaris ist nicht gefährlich. Sie kann einem nur ganz schön auf die Nerven gehen. Okay, ich geb's zu, irgendwie hat sie sich in meinen Kopf geschlichen, aber sie ist echt nicht der Typ, der schlimme Sachen anstellt. Sogar *du* nennst sie ein Weichei. Aber jetzt hast du deinem Dad den Vorwand geliefert, den er gebraucht hat, um sie loszuwerden.«

Rocky dachte darüber nach. »Und du bist dir absolut sicher, dass sie nicht gefährlich ist?«

»Ja, außer du meinst damit gefährlich langweilig und hilfsbereit. Sie weckt mich morgens auf, wenn es Zeit für die Schule ist, und erinnert mich an meine Hausaufgaben. Sie findet sogar Socken, die ich verlegt habe. Nicht gerade das Profil einer bösartigen Killerin, oder? Außer sie hat vor, uns zu Tode zu bemuttern.«

»Hmm …« Rocky hatte immer noch sein nachdenkliches Gesicht aufgesetzt. Es war ein bisschen weniger extrem als sein verwirrtes Gesicht, ließ ihn aber auch nicht besser aussehen.

»Was soll's, wir wollen nicht gekappt werden und Floh will

Klaris nicht verlieren, und da du jetzt mein Sklave bist, befehle ich dir uns zu helfen.«

Rocky strich sich mit den butterverschmierten Fingern durch sein stoppeliges Haar. »Okay. Und was machen wir jetzt?«

Ich bemühte mich selbstbewusst zu klingen. »Wir werden beweisen, dass Klaris Cliff unschuldig ist.«

Unnatürlich ordentlich

Wir warteten, bis Dr. Cliff aus dem Haus gegangen war, um sich eine Zeitung zu kaufen. Dann hackte sich Rocky in seinen Computer (Floh verriet uns das Passwort: PASSWORT – er verdiente es also nicht besser) und druckte den Brief aus, den er vor etwa einer Stunde per E-Mail an den Gemeinderat geschickt hatte.

Er fing an mit dem Üblichen: *Sehr geehrte Damen und Herren ... sehr besorgt ... unsichtbare Person ... vor dem Hintergrund von Shorefield ... bla bla bla.* Aber der Teil, der uns interessierte, war die Liste auf der zweiten Seite.

Sie war gewachsen.

1. Macht ständig die Autobeleuchtung an und entlädt die Batterie
2. Hat mutwillig mein Stethoskop beschädigt
3. Hat das Kaninchen getötet
4. Hat den Hunden meinen Whisky (den teuren) zu trinken gegeben
5. Hat ihren Namen in die Rückwand des Schuppens geritzt

6. Ist in den Nachbarjungen abgewandert

7. Verursacht ernsthafte Eheprobleme

Floh ballte die Fäuste. »Das stimmt nicht! Nichts davon. Jemand versucht ...«, er suchte nach dem richtigen Wort. »Jemand, der sie nicht ausstehen kann, versucht ihr das *anzuhängen*.«

»Vielleicht«, sagte ich. »Aber wir sollten keine voreiligen Schlüsse ziehen. Wir müssen das wie Ermittler angehen. Als Erstes befragen wir alle im Haus und finden heraus, was sie wissen. Und sobald wir genug Beweise haben, zeigen wir sie deinem Dad und dann wird er die Leute von APUB abbestellen müssen.«

Ich sah, wie sich das Sonnenlicht in den schwarzen Haaren der Zwillinge fing, als sie an der Tür vorbeihuschten.

»Am besten fangen wir gleich mit den beiden an«, sagte ich. »Ich hab das Gefühl, dass sie nicht so unschuldig sind, wie sie aussehen.«

Floh schüttelte den Kopf. »Meine kleinen Brüder sind alles andere als unschuldig. Sie sind letztes Schuljahr vom Unterricht ausgeschlossen worden, und wenn die Schule wieder anfängt, kommen sie in unterschiedliche Klassen.«

»Warum?«

»Zigaretten.«

Ich lachte. Dann sah ich an seiner Miene, dass er es ernst meinte.

»Ich glaube, der Lehrer war sauer, weil sie den anderen Kindern Zigaretten verkauft haben, um an ihr Essensgeld zu kommen.«

Rocky nickte und erzählte weiter.

»Die kleinen Idioten sind aufgeflogen, als niemand mehr fürs Schulessen bezahlen konnte. Mum hat voll den Anfall bekommen.«

»Na ja, es waren ihre Zigaretten«, fügte Floh hinzu. »Ich hab ihr gesagt, dass es keine Probleme mehr gäbe, wenn sie aufhören würde zu rauchen. Ich hab sie daran erinnert, was Klaris immer sagt: dass sie kein sehr gutes Beispiel für die Kleinen ist.«

»Und was hat sie darauf geantwortet?«

»Dass es nicht einfach ist aufzuhören, und dann ist sie nach draußen gegangen, um eine zu rauchen.«

Po erschien in der Tür und starrte mich eine Sekunde lang an. Dann hielt sie Rocky das Telefon hin, als wäre es verseucht. »Diese Idioten aus dem Dorf wollen mit dir sprechen«, erklärte sie, bevor sie davonstolzierte.

»Macht ohne mich weiter«, sagte Rocky und verließ das Zimmer.

Floh zeigte auf Punkt sieben der Liste.

»Ich glaube, Mum und Dad werden sich scheiden lassen. Ich hab gehört, wie sie deswegen gestritten haben.«

»Oh.« Der Gesprächsfetzen, den ich durch die Tür aufgeschnappt hatte, ergab auf einmal einen Sinn. »Mach dir keine Sorgen, Floh. Sie werden sich schon wieder zusammenraufen. Meine Eltern haben sich früher auch manchmal gestritten.«

»Aber deine Mum ist weg, oder?«

Ich stutzte. »Ja, okay, schlechtes Beispiel.«

Floh schlug die Hand vor den Mund. »Entschuldige, Joseph, das habe ich nicht so gemeint.«

Wir schwiegen einen Moment lang. Ich hoffte, dass Floh falschlag, was seine Eltern betraf. Aber es würde erklären, warum sein Dad wegen Klaris so besorgt war. Sie passte ins klassische Muster der bösartigen unsichtbaren Person – genau das war in Shorefield auch passiert. Erst die Kleinigkeiten, die ganzen Sachen, über die er sich beschwerte: die Autobeleuchtung, das Stethoskop, der Whisky. Dann die große Sache: dass seine Ehe in die Brüche ging. Dann die Abwanderung: das betraf mich. Und schließlich … Na ja, ich konnte ihn schon verstehen. Aber jetzt war keine Zeit zum Grübeln; wenn wir beweisen wollten, dass er falschlag, musste ich in die Gänge kommen.

»Also, mit wem fangen wir an?«

»Versuch's mit Po. Ich glaube, sie ist in ihrem Zimmer.«

Ich machte mich auf den Weg, aber er rief mich zurück. »Joseph, fang.«

Er warf mir einen taschengroßen Kassettenrekorder zu.

Ich pfiff durch die Zähne. »Ein Riesen-iPod mit einer Kassette. Wo hast du den denn her?«

Floh tippte sich an die Nase. »Das ist ein Diktafon, aber je weniger du darüber weißt, desto besser.« Er hielt mir seine winzige weiße Hand hin. Sie erinnerte mich an einen kleinen Vogel und ich nahm sie behutsam in meine, aber sein Griff war fest.

»Viel Glück.«

Ich wandte mich wieder zum Gehen und blieb dann stehen.

»Floh, bevor ich anfange. Gibt es irgendwas, das ich über Po wissen sollte?«

Er dachte nach. »Ja, etwas ganz Wichtiges sogar.« Er winkte mich heran und ich trat näher. Er flüsterte laut: »Po kennt Klaris recht gut. Sie haben früher zusammen gespielt.«

»Sie haben zusammen gespielt?«, wiederholte ich wie ein Papagei, weil ich glaubte, ich hätte mich verhört. »Bist du sicher? Ich dachte, Klaris redet nur mit dir.«

»Das ist schon ewig her«, sagte er. »Ich bin darüber hinweg.«

Langsam stieg ich die ächzende Treppe zu Pos Zimmer hoch. Ich war nicht mehr drin gewesen, seit ich klein war – jedenfalls nicht, während sie zu Hause war. Rocky ging manchmal in ihr Zimmer, um nach Süßigkeiten zu suchen oder um einfach nur herumzuschnüffeln, aber ich wartete immer an der Tür. Wenn das jetzt so klingt, als hätte ich Angst vor Po, also, dann trifft das vermutlich auch zu. Mädchen können manchmal ganz schön Furcht einflößend sein.

Ich klopfte an die Tür und sie flog auf. Aber als Po sah, dass ich es war, stutzte sie und schob sie wieder zu. Sie ließ nur eine kleine Spalte zum Durchgucken offen.

»Äh, Floh hat mich gebeten mit dir zu reden«, sagte ich. »Kann ich reinkommen?«

Sie zog eine Augenbraue hoch. Wo lernen Mädchen bloß so etwas? Es ist eine Tatsache, dass Jungs keine Kontrolle über ihre einzelnen Augenbrauen haben – oder über irgendwelche anderen unwesentlichen Körperteile.

»Stimmt es?«, fragte sie durch die Spalte.

»Du meinst, das mit mir und Klaris?«

»Ja.«

»Leider. Aber«, fügte ich hinzu, »ich glaube nicht, dass ich ansteckend bin.«

Sie senkte den Blick und kaute einen Moment lang nachdenklich auf ihrer Lippe herum.

»Wehe, wenn doch«, sagte sie, als sie die Tür aufmachte und einen Schritt zurücktrat, um mich hereinzulassen.

Pos Zimmer war dunkelrosa gestrichen – nicht dieses kitschige Rosa, sondern eher so eine Art intensives Himbeer, wie das Innere eines Mundes. Und es war sehr ordentlich. Ich meine, so richtig unnatürlich ordentlich. Die Bücher auf den Regalen waren nach Farben geordnet und an den Wänden hingen echte gerahmte Gemälde. Eine warme Brise wehte durch das offene Fenster und brachte ein Windspiel zum Klirren. Es klang unheimlich.

»Du kannst dich hierhin setzen«, sagte sie und klopfte neben sich aufs Bett, aber ich setzte mich ganz an den Rand, weil ich Angst hatte, die Decke zu zerraufen.

Ich zeigte ihr den Kassettenrekorder. »Macht es dir was aus, wenn ich den hier benutze?«

Da sie mit den Achseln zuckte, was wohl »Mach ruhig« heißen sollte, legte ich ihn zwischen uns auf das Bett und drückte auf ›Aufnahme‹.

JR: Danke, dass du bereit bist uns zu helfen.

PC: Was gibt's, Joseph?

JR: Dein Dad hat den Gemeinderat benachrichtigt. Und das könnte bedeuten, dass Floh und ich gekappt werden.

PC: (*Stöhnt*) Dann glaubt er also, dass sie bösartig wird?

JR: Äh, ja.

PC: Typisch. Ich weiß nicht, was im Moment mit ihm los ist. Er muss sich mal ein bisschen entspannen.

JR: Dann glaubst du also, dass er überreagiert? Das ist interessant.

PC: Natürlich tut er das.

JR: Jedenfalls, ich hab diese Liste, die er zusammengestellt hat, und ich helfe Floh dabei, zu beweisen, dass sie nichts davon getan hat, und, na ja … Ich muss die ganze Familie befragen.

PC: (*Schweigen*) Okay, ich hab eh nichts Besseres zu tun. Schieß los. Frag mich, was du willst.

JR: Gut, also, wie hast du sie kennengelernt?

PC: Sie kennengelernt?

JR: Ja. Denn wenn wir beweisen können, dass sie nicht abwandert, sondern einfach manchmal gern Zeit mit anderen Leuten verbringt …

PC: Wovon redest du überhaupt?

JR: Oh, Floh hat mir nur erzählt …

PC: Was hat er erzählt?

JR: Er hat mir erzählt, dass du früher manchmal mit Klaris gespielt hast.

PC: Was hat er? Das kleine Aas! Den bring ich um!

Wieder ganz am Anfang

Ich fand das Diktafon im Blumenbeet.

Das kleine Plastikfenster hatte einen Sprung. Man konnte immer noch die Kassette sehen, aber kleine Erdkrümel rasselten darin herum. Ich drückte auf Play. Nichts. Ich war wieder ganz am Anfang, oder noch weiter hinten. Keine Befragung und keine Befragte. Von einem Kassettenrekorder ganz zu schweigen.

»Hey, Joseph, funktioniert es noch?«

Typisch Floh, dass er das Ganze beobachtet hatte. »Eher nicht. Deine Schwester geht schnell an die Decke, was? Ich würde ihr aus dem Weg gehen, wenn ich du wäre.«

Er nahm das Diktafon und drehte es in der Hand.

»Es liegt an den Hormonen, sagt meine Mum. Hast du gewusst, dass die auch ihren Busen wachsen lassen?«

»Okay, das will ich alles gar nicht wissen.« Po war eine Freundin und sie als jemanden mit Busen zu betrachten ging gar nicht.

»Lass sie einfach eine Weile in Ruhe, Joseph. Wie wär's, wenn du stattdessen als Nächstes mit meiner Mum redest? Sie ist gerade im Haus. Sie macht die Wäsche oder so was – nichts Wichtiges. Oder du könntest es mit den Zwillingen versuchen, aber die gucken gerade fern und mögen es nicht, wenn man sie dabei stört.«

Mir wurde ganz flau im Magen. Ich war nicht gerade heiß darauf, mit Flohs Mum zu reden. Auch ohne diese ganze peinliche Sache mit Klaris wäre mir dabei mulmig gewesen. Ich war wohl ein bisschen aus der Übung mit Müttern.

Aber bei dem Gedanken, die Zwillinge zu befragen, war mir mehr als nur mulmig zu Mute. Es jagte mir eine Höllenangst ein. Was war los mit mir? Wieso machten mich auf einmal meine Nachbarn nervös, die Familie, die ich schon gekannt hatte, bevor die Hälfte von ihnen überhaupt geboren war?

»Ich muss nach Hause und eine Weile nachdenken. Es ist wichtig, dass ich die ganze Sache vorsichtig angehe, Floh. Alle in deiner Familie sind schon immer meine besten Freunde gewesen und ich will nicht, dass sich daran irgendwas ändert.«

Er starrte mich eine Sekunde lang an und drehte sich dann um. Im Weggehen sagte er: »Okay, Joseph. Nur denk nicht zu lange nach. Ich weiß nicht, wie viel Zeit wir noch haben.«

Zu Hause marschierte ich durch die offene Hintertür, schlug sie hinter mir zu und warf mich aufs Sofa. Jedenfalls war das meine Absicht gewesen. Aber wie sich herausstellte, war das, was ich für ein paar Kissen unter einer Decke gehalten hatte, mein Dad, der schlief.

»Was zum …? Joseph! Warum hast du das gemacht? Du hast mir fast das Bein gebrochen!«

»Entschuldige. Aber ich hab nicht damit gerechnet, dass du mitten am Tag hier liegen würdest.«

»Ich war müde. Es ist gestern Abend spät geworden und ich wollte mich ein wenig ausruhen. Dabei bin ich wohl eingenickt.« Er schob das Hosenbein hoch und rieb sich das Schienbein »Du hast mir einen ordentlichen Tritt verpasst.« Er sah auf. »Ist alles in Ordnung, Sohnemann?«

»Ja. Du kennst mich doch – mich kann nichts umhauen.«

»Du siehst irgendwie ein bisschen mitgenommen aus. Hast du dich mit jemandem gestritten?«

»Das könnte man wohl so sagen, ja.«

Er setzte sich auf und schob die Decke zur Seite, um Platz für mich zu machen. »Mit wem denn? Rocky?«

»Nein. Po.«

Er gab einen langen, tiefen Pfiff von sich. »Wie hast du das denn angestellt?«

Ich dachte einen Augenblick darüber nach, da ich nicht zu viel verraten wollte. »Ich hab offensichtlich das Falsche gesagt, ohne es zu merken.«

»Zu Frauen das Falsche zu sagen ist schnell passiert, Joseph. Ich überlege sogar, darüber ein Buch zu schreiben, auf Grund meiner großen Erfahrung damit, zu deiner Mutter das Falsche gesagt zu haben. Darin werde ich alles aufführen, was man zu einer Frau sagen kann, ohne Gefahr zu laufen, sie zu beleidigen.«

»Echt? Was wird drinstehen?«

»Nichts. Nur leere Seiten. Es gibt nämlich keine risikofreien Themen, Joseph. Gefahr lauert an den unerwartetsten Orten.«

Er breitete die Decke über uns beiden aus und zog mich an sich.

»Erinner mich daran, mir nie eine Freundin anzuschaffen, Dad.«

»Werd ich tun, mein Junge. Also, was hast du zu Po gesagt, um sie so aufzuregen?«

»Nichts. Ich hab nur etwas wiederholt, das Floh mir über sie erzählt hat.«

Dad atmete scharf ein und schüttelte den Kopf, so wie es der Mechaniker getan hatte, als wir das Auto in die Werkstatt brachten.

»Das ist normalerweise keine gute Idee. Am sichersten ist es, das Mädchen einfach selbst erzählen zu lassen. Niemand möchte gern vorschnell beurteilt werden. Alle wollen, dass man ihnen die Chance gibt, sich selbst zu erklären. Aber stell ihr keine direkten Fragen. Lenk das Gespräch unauffällig auf das Thema, über das du mit ihr sprechen möchtest, und tu dann so, als würde es dich nicht interessieren. Glaub mir, sie wird es dir unbedingt erzählen wollen.«

»Also, damit ich das richtig verstehe: Sie wird mir nur Sachen erzählen wollen, die ich nicht hören will?«

Er nickte.

»Bist du sicher?«

»Absolut. Probier's aus. Wenn ich falschliege, besorgen wir uns die ganze Woche auswärts Abendessen.«

»Pizza?«

»Nicht jeden Abend. Du brauchst eine ausgewogene Ernährung. Wir wechseln mit chinesisch und indisch ab.«

»Abgemacht.«

Mit Milch und drei Stück Zucker

Für Pizza würde ich alles tun. Sogar Po ausquetschen, auch wenn das mit Sicherheit Ärger bedeutet.

Okay, ich weiß, wie das klingt, jedes Mal wenn ich Po erwähne, aber es waren schließlich ihre Eltern, die ihr so einen bescheuerten Namen gegeben haben, nicht ich. Eigentlich haben sie ihr einen anderen bescheuerten Namen gegeben und dann beschlossen sie einfach Po zu nennen. Wenn ihr mich fragt, grenzt das an Kindesmisshandlung.

Auf jeden Fall machte ich mich auf den Weg nach nebenan und spazierte dort direkt in die Küche. Die Sonne brannte durch die großen Fenster und erhitzte den Raum wie ein Gewächshaus. Po hing quer über dem Tisch, den Kopf auf den Armen. Ihr langes Haar schlängelte sich um sie herum und eine Strähne lag neben einer Kakaopfütze. Ich streckte die Hand danach aus, und bevor ich darüber nachdenken konnte, was ich da tat, schob ich sie vorsichtig zur Seite.

Sie setzte sich auf. »Hey! Was machst du da?«

»Ich hab nur …« Ich zeigte auf das verschüttete Getränk. »Ich wollte nicht, dass du deine Haare da reinhängst.«

»Oh. Alles klar, danke.«

Ich wandte mich zum Gehen, aber sie stand auf und ging zum Wasserkocher hinüber. »Möchtest du eine Tasse Tee?«

»Ja, gern. Mit Milch und drei Stück Zucker.«

»Drei? Davon wirst du dick.«

Ich ignorierte ihre Bemerkung und blätterte stattdessen in einem alten Batman-Comic, der auf dem Tisch lag. Weil ich diese Ausgabe noch nicht kannte, musste ich nicht mal so tun, als wäre ich darin vertieft, und bis sie mir die Tasse reichte und die Zuckerdose hinschob, hatte ich tatsächlich schon fast vergessen, weswegen ich eigentlich hier war. Jetzt machte sich betretenes Schweigen breit, das nur von Pos Husten unterbrochen wurde, während ich versuchte drei Löffel bräunliche, am Boden eingetrocknete Zuckerkristalle zusammenzukratzen.

Schließlich fragte Po: »Und was wirst du jetzt tun?«

Ich zuckte mit den Achseln. »Diese Vorwürfe sind totaler Quatsch. Ich meine, irgendjemand hat das alles gemacht, aber bestimmt nicht Klaris. Es sollte nicht sonderlich schwer zu beweisen sein, dass sie unschuldig ist, wenn alle kooperieren.«

Sie funkelte mich böse an. »Du meinst damit wohl mich?«

Ich seufzte. »Das liegt ganz bei dir, Po. Du kannst helfen, wenn du willst.«

»Natürlich will ich helfen. Ich möchte nicht, dass Floh gekappt wird.« Sie hielt inne und blickte ein wenig verlegen. »Und du auch nicht. Sag mir einfach, was ich tun muss.«

Sie bettelte mich praktisch an. Dad war ein Genie. Aber natürlich stellte sie eine Bedingung.

»Du darfst keinem erzählen, dass ich mit Klaris gespielt habe.«

Ich tat so, als würde ich darüber nachdenken, nickte dann und räusperte mich.

»Okay. Also, äh, Po.«

Sie unterbrach mich. »Solltest du mich nicht mit Prudence Cliff ansprechen, wenn das eine offizielle Ermittlung ist?«

»Vielleicht. Ja, okay, äh, Prudence, so ganz unter uns, erzähl mir von dir und Klaris.«

Po fing wieder an zu husten. Ich machte mir Sorgen, dass sie ihre Meinung geändert hätte, wenn sie damit fertig war. Aber der Hustenanfall ging vorüber und sie fuhr fort.

»Es war vor ein paar Jahren, irgendwann im Sommer. Ich war im Garten und die anderen waren im Baumhaus. Ich glaube, du warst auch dabei. Ihr hattet so eine bescheuerte Bande gegründet und Floh und ich durften nicht mitmachen.«

»Warum nicht?«

Sie blickte finster. »Rocky sagte, nur Jungs dürften in die Bande, und ich bin ein Mädchen.«

»Warum durfte Floh dann nicht mitmachen?«

»Weil er Klaris mitgebracht hätte und die ist auch ein Mädchen.« Sie funkelte mich böse an. »Ist doch klar.«

»Und was hast du dann gemacht?«

»Floh ist irgendwohin verschwunden und ich hab mich 'ne Weile unterm Baum herumgedrückt und hab Steine hochgeworfen. Dann ist mir langweilig geworden. Ich bin im Garten herumgestreift und habe so getan, als würde ich Klaris bemerken. Es war wie ein Spiel. Ich hab mir vorgestellt, dass sie mir folgen würde.«

»Du hast es dir vorgestellt?«

»Ja, ich glaub schon. Zumindest dachte ich das damals. Ach, ich weiß nicht. Es ist schwer, sich richtig zu erinnern. Jedenfalls, nach einer Weile hat es sich nicht mehr nur so angefühlt, als würde ich bloß so tun. Das Spiel hat sich sozusagen von allein gespielt. Verstehst du, was ich meine?«

Ich nickte. »Und was habt ihr zwei gemacht?«

Po hielt inne, während sie sich ein langes blasses Haar von ihrem T-Shirt zupfte. »Also nach diesem ersten Mal haben wir öfter was zusammen gemacht. Manchmal haben wir in den Blumenbeeten nach alten Keramikstücken, Würmern, hübschen Steinen und so was gegraben. Wenn ich was fand, habe ich es ihr gezeigt. Manchmal haben wir die Sachen in kleine Schachteln gesteckt, die ich verziert habe, und sie dann im Garten unter dem Lavendel vergraben.«

»Was, die Würmer auch?«

»Nein, die haben wir einfach wegschlängeln lassen. Und ich erinnere mich, dass wir uns manchmal unterhalten haben, aber sie war schwer zu verstehen, so als würde sie unter Wasser sprechen. Eigentlich …«, sie sah plötzlich auf. »Mir fällt da gerade was Merkwürdiges ein.«

»Was?«

»Sie hat über dich geredet.«

Ich schluckte laut – ich schluckte tatsächlich laut und deutlich wie eine Zeichentrickfigur. »Über mich? Bist du sicher?«

»Ja. Aber ich hab nicht richtig verstanden, was sie gesagt hat. Tut mir leid, an viel mehr kann ich mich nicht erinnern, außer dass ich Spaß hatte und Floh total sauer deswegen war. Einmal hab ich gehört, wie er Klaris angeschrien hat. Er hat ihr gesagt, dass sie zu ihm gehört und dass sie nicht mit anderen Leuten Zeit verbringen soll.«

»Und was hat sie dazu gesagt?«

»Woher soll ich das wissen? Sie war wohl einverstanden, schließlich hat sie mit niemand anderem mehr Zeit verbracht, oder?«, Po verstummte und blickte verlegen. »Also, bis jetzt jedenfalls nicht.«

»Ja …«

»Komisch, dass sie damals nicht mit dir geredet hat.«

Ich zuckte mit den Schultern. »Hast du meine Englisch- und Kunstnoten gesehen? Ich bin nicht der richtige Typ dafür. Ich hab nicht so viel Fantasie wie du und Floh. Ich bin eher praktisch veranlagt. Ich war bestimmt schwer zu knacken.« Ich klopfte mir auf den Schädel. »Schau, eine undurchdringliche Festung. Na ja, fast.«

Po blickte nachdenklich. »Aber angeblich ist es für sie schwerer, sich in die Köpfe von Leuten unseres Alters zu schleichen. Warum hat sie es dann jetzt bei dir versucht, wenn sie vor zwei Jahren nicht durchgekommen ist?«

Ich schüttelte den Kopf und nahm die Liste aus meiner Hosentasche. »Ich wünschte, ich wüsste es. Hier, das sind die Sachen, die sie angeblich angestellt hat.«

Po warf einen kurzen Blick darauf – zu kurz vielleicht – und reichte sie mir zurück. »Nö, hat nichts mit mir zu tun. Frag die Zwillinge. Sieht mehr nach ihnen aus.«

»Ja, das habe ich auch gedacht.«

Sie kaute auf ihrer Lippe herum und sagte dann leise: »Floh fühlt sich bestimmt schrecklich.«

»Ja. Er hat sie wirklich sehr lieb.«

Sie musterte eine ihrer Haarsträhnen und spreizte sie wie die Borsten eines Pinsels. »Ich kann ihn ganz gut verstehen. Sie ...« Po drehte den Kopf, um sicherzugehen, dass niemand zuhörte. »Behalt das für dich, aber sie war nett. Wenn sie mit mir gespielt hat, habe ich mich irgendwie ganz geborgen gefühlt. Geht es dir auch so?«

Ich grinste. »Nicht wirklich.« Dann bekam ich ein schlechtes Gewissen und fügte hinzu: »Na ja, sie ist gar nicht so schlimm. Wenn einem so was gefällt.«

»Ich weiß, was du meinst. Ich finde es trotzdem nicht gut, dass Klaris hier rumhängt, es ist einfach peinlich. Aber ich find's furchtbar, dass Dad ihr das antun will.«

Ich hörte, wie über uns eine Tür zuschlug, dann kamen die Hunde die Treppe herunter und in die Küche. Die Körper der beiden großen, schwarzen Labradore bewegten sich wie Gelenkbusse von einer Seite zur anderen und ihre breiten Schwänze knallten gegen meine Beine, während sie den Boden nach Essen absuchten, das beim Frühstück vom Tisch gefallen war. Dann drehte sich einer der Hunde zu mir und fing an seine Nase an meinen Beinen zu reiben, vermutlich in der Hoffnung, dass ich ein Schinkenbrötchen in meiner Jeanstasche versteckte. Zu meinem Entsetzen arbeitete er sich immer weiter nach oben und schnüffelte schließlich an meinem Schritt.

»He, hör auf, du!«

Po lachte. »Geh runter, Henry«, sagte sie und versuchte ihn an seinem Halsband wegzuziehen. Aber er kam gleich wieder zurück.

»Ich glaube nicht, dass ich je einen Hund haben werde«, sagte ich. »Das ganze Geschnüffel und Gesabber ist nicht mein Ding.« Ich blickte zu Annie, der wie immer ein Speichelfaden von den Lefzen über das Kinn herunterhing, was sie leicht tollwütig aussehen ließ. Dass sie zurzeit einem Hängebauchschwein ähnelte, weil sie einen Wurf von Henrys Welpen trug, machte es auch nicht besser.

»Vielleicht könnte ich einen kleinen Hund haben.«

»Wie einen Chihuahua mit einem Diamantenhalsband?« Po kicherte.

»Nein, keinen Mädchenhund. Einen zähen kleinen Terrier. Bei so einem müsste ich wenigstens keine riesengroßen Hundehaufen einsammeln. Aber wenn ich's mir recht überlege, schnüffeln ja auch kleine Hunde ständig bei anderen am ...«

Ich wollte *Po* sagen, aber ich erinnerte mich noch rechtzeitig daran, mit wem ich gerade redete, und ich wollte ihren Namen nicht in diesem Zusammenhang benutzen.

»Am Allerwertesten? So sagt meine Großmutter immer dazu.«

»Na, klingt auch nicht unbedingt appetitlicher.« Ich tätschelte Henrys Kopf und wischte mir dann die Hand an der Hose ab. »Eigentlich sollte ich die Hunde auch befragen. Sie sind schließlich beteiligt. Punkt drei auf der Liste.«

Po lachte. »Und wie willst du das machen?«

»Keine Ahnung.« Ich drehte mich zu Annie. »Also, Annie Cliff, war es deine Idee, das arme unschuldige Kaninchen namens Barry White Cliff zu fressen?« Sie saß aufmerksam da, sah mir in die Augen und hob eine Pfote.

»Was bedeutet das?«

»Es bedeutet, dass sie denkt, du hast etwas für sie.«

»Ach, du erwartest also eine Bestechung? Und wenn ich nichts rüberwachsen lasse, hältst du dicht, oder was?«

Ich sammelte ein paar liegengebliebene Cheerios vom Tisch und warf ihr einen zu, den sie sich aus der Luft schnappte.

»Bist du jetzt bereit zu reden?« Annie antwortete mit einem Bellen. »Na schön, hast du Dr. Cliff erzählt, dass Klaris dich dazu angestiftet hat?« Schweigen, sie hob nur die Pfote und ließ sie wieder sinken, als betätigte sie einen Hebel.

»Ist das einmal für Ja und zweimal für Nein?« Sie wiederholte die Bewegung. »Also gut, machen wir es nicht komplizierter als nötig: Packst du aus und stellst dich deiner verdienten Strafe?« Die Pfote hob und senkte sich zweimal. »Hmm, also, dann musst du dich auf einen längeren Aufenthalt im Zwinger gefasst machen.«

»Joseph, wir haben keinen Zwinger«, flüsterte Po.

Ich warf ihr einen bösen Blick zu. »Schhh. Siehst du nicht, dass ich versuche sie einzuschüchtern?«

Ich fegte die übrigen Cheerios in meine Hand und warf sie auf den Boden, wo die Hunde sie in Sekundenschnelle aufschlabberten.

»Und von denen gibt's noch mehr, wenn ihr euch an irgendwas Nützliches erinnern könnt.«

Po lächelte mich an. »Ermittler zu spielen macht dir Spaß, was?«

»Eigentlich nicht. Henry und Annie sind wahrscheinlich die kooperativsten Zeugen, die ich bisher hatte. Aber sag mal, was war da eigentlich los, diese Sache mit dem Kaninchen?«

Sie rutschte ihren Stuhl nach hinten und stand auf. »Floh war total fertig, als sie Barry White gekillt haben. Er war der Einzige von uns, der noch mit dem Kaninchen gespielt hat, nachdem der Reiz des Neuen weg war. Er hat sich immer kleine Aufgaben für ihn ausgedacht, Hindernisstrecken mit Tunneln und Karottenstücken für ihn aufgebaut und so was.«

»Mögen Kaninchen solche Herausforderungen?«

»Tun das nicht alle?« Sie nahm meine leere Tasse und brachte sie zum Spülbecken. »Jedenfalls« – sie drehte den Wasserhahn auf und fing an abzuwaschen –, »eines Abends ist Floh aufs Klo gegangen und hat Barry allein im Wohnzimmer gelassen und irgendjemand hat die Verandatüren aufgemacht.«

»Wer?«

»Wissen wir nicht. Wenn du mich fragst, waren es die Zwillinge, aber mein Dad ist überzeugt, dass Klaris das irgendwie geschafft hat. Er glaubt, dass sie die Hunde hereingelassen und dann dazu angestachelt hat, das Kaninchen zu töten. Er will nicht zugeben, dass sie vielleicht von ganz allein auf die Idee gekommen sind. Aber er liebt diese Hunde eben mehr als seine Frau und seine Kinder.«

Offenbar schaute ich schockiert.

»Es ist wahr. Ich glaube, dass meine Eltern seit einem Jahr nicht miteinander geredet haben, ohne sich anzuschreien. Und Dad lässt uns einfach links liegen. Du hast mich doch husten gehört, oder?« Ich nickte. »Na ja, er weigert sich mir die Brust abzuhören. Er sagt bloß: ›Das geht gerade rum. Du wirst es schon überleben.‹ Aber wenn einer der Hunde den Husten hätte, würde er sein Stethoskop sofort herausholen.«

Ich musste das Gespräch wieder auf Klaris lenken. »Haben die Hunde das Kaninchen denn wirklich gefressen?«

»Na ja, wir nehmen es an. Außer einem kleinen Blutflecken auf dem Teppich haben wir nichts gefunden.«

»Armer Barry und auch armer Floh. Weißt du, ich glaube, er ist echt sehr einsam.«

Po schnaubte und ihre Laune veränderte sich schlagartig. »Einsam? Versuch mal das einzige Mädchen zu sein in einem Haus mit vier Brüdern und einem Vater, der kaum bemerkt, dass es dich gibt.«

Offenbar hatte sie ein leichtes Zucken in meinem Gesicht bemerkt, etwas, das ich ihr eigentlich nicht hatte zeigen wollen, denn sie legte mir einen Arm um die Schulter.

»Entschuldige, Joseph, das war gedankenlos von mir. Es muss schrecklich für dich sein, seit …«

»Ist schon in Ordnung.« Ich stand auf und genoss einen Moment lang das Gewicht ihres Arms auf meinen Schultern, bis uns beiden plötzlich auffiel, was wir da gerade taten, und wir wie elektrisiert auseinandersprangen.

»Also, ich sollte jetzt lieber gehen«, sagte ich. »Danke, dass du mit mir geredet hast.«

»Sag Bescheid, wenn ich dir noch mal helfen kann.«

Ich ging zur Tür.

»Ich mein's ernst, Joseph. Ich weiß, dass Floh einsam ist und ich manchmal echt fies zu ihm bin. Aber ich bin seine große Schwester. So was tun Schwestern eben, oder nicht?«

Ich schüttelte den Kopf. »Keine Ahnung, Po.«

Als ich mich zum Gehen wandte, rief sie mich zurück.

»Warte kurz. Ich hab was für dich.«

Ich wurde rot. Ich weiß nicht, warum, aber für eine Sekunde – nein, nicht mal so lang – dachte ich, dass sie mir einen Kuss geben würde. Wenigstens schloss ich nicht die Augen und spitzte die Lippen. Davon konnte ich mich gerade noch abhalten.

Sie rannte nach oben in ihr Zimmer und kam mit etwas in der Hand zurück. Sie hielt es mir hin. Es war eine kleine Tube Sekundenkleber.

Ich sah sie verwirrt an.

»Für deine Ermittlung – Beweismaterial nennt man das, glaub ich.«

Ich erinnerte mich daran, dass ihr Dad mir sein Stethoskop ins Gesicht gehalten und gesagt hatte: »Sie hat es so sorgfältig wieder zusammengeklebt, dass ich es erst gemerkt habe, als es zu spät war.«

»Danke«, sagte ich und rannte nach Hause, bevor ich mich zum Vollidioten machte.

Ein dicker Kuss mit Alkoholfahne

Als ich zu Hause ankam, saß Dad immer noch am Computer. Ich fragte mich, ob er gerade zum Internetjunkie wurde, einer von diesen Leuten, die ununterbrochen online sind, während ihre Familien verhungern. Zumindest konnte ich mich von den Cliffs durchfüttern lassen, falls es richtig schlimm wurde. Na ja, jedenfalls hoffte ich das.

Ich hörte ein Klopfen am Fenster und sah ein dünnes, blasses Gesicht, das durch die Buntglasscheibe hereinspähte. Die Erscheinung grinste und klopfte noch einmal im gleichen Rhythmus: klopf klopf klopf-klopf klopf-klopf klopf klopf. Ich ging zur offenen Tür und streckte den Kopf hinaus.

»Komm rein, Floh.«

»Okay«, sagte er, sein Lächeln war verschwunden. »Ich glaube, du solltest als Nächstes Rocky befragen.«

»Äh …« Floh wusste so gut wie ich, dass es Rocky nicht gefallen würde, wie ein Verdächtiger behandelt zu werden.

»Wir müssen alle befragen, Joseph. Außer uns natürlich.«

»Ich weiß. Aber er hat die Liste schon gesehen. Gibt es noch was anderes, das ich ihn fragen sollte?«

»Wir müssen herausfinden …« Er schob sich das flaumige

Haar aus den Augen und klemmte es hinter die Ohren. »Wir müssen herausfinden, warum er Klaris nicht ausstehen kann.«

Rocky nahm die Sache genau so auf, wie ich es erwartet hatte.

»Mann, Alter, das soll wohl 'n Witz sein!« Er schüttelte den Kopf, als hätte ich gerade sein Lieblingskätzchen gekillt. »Ich hab nichts damit zu tun, das weißt du doch.« Ein feuchter Chips-Brösel flog ihm aus dem Mund und landete auf meinem Gesicht. Natürlich war es Käse-Zwiebel-Geschmack. »Ich dachte, ich soll euch helfen das in Ordnung zu bringen. Ich dachte, ich wäre auf Klaris' Seite.«

Ich wischte den Chips-Brösel weg. »Für den Fall, dass du's vergessen hast, Rocky, du bist diese Woche mein Sklave und ich habe noch nicht mal von dir verlangt meine Schuhe sauber zu lecken. Von daher hast du echt keinen Grund, dich zu beschweren.«

Er wandte sich wieder dem Fernseher zu – dort lief *Die Schule der Diebe*, eine Reality-Show über Einbrecher – und lachte, als ein Nachwuchsverbrecher von einer Regenrinne fiel.

»Schau, Rocky, ich muss alle befragen, wenn ich die Sache richtig untersuchen will. Wenn wir das versemmeln, werden Floh und ich du-weißt-schon-was.«

Da er nicht reagierte, hielt ich mir die Fingerspitzen an den Kopf und machte laute Summgeräusche.

Er verzog das Gesicht. »Hör auf damit. Das ist krank.«

Ich summte wieder.

»Nein, hör auf!«

Natürlich tat ich es noch einmal.

»Okay, is' ja gut. Ich mach bei dem dämlichen Verhör mit.«

»Du meinst, ich mach bei dem dämlichen Verhör mit, mein Herr und Meister.«

»Ja, geschenkt.«

Ich nahm die Hände vom Kopf.

»Aber ich hab nichts angestellt«, fügte er hinzu.

»Das sagt auch niemand, Rocky. Also, ich versuche nur ein paar Hintergrundinformationen über sie zu sammeln. Warum erzählst du mir nicht einfach, was du über Klaris weißt.«

Er zuckte mit den Achseln. »Sie ist eine kleine, nervige Langweilerin, die Lügenmärchen erzählt und allen den Spaß verdirbt.«

»Wie meinst du das?«

»Ach, keine Ahnung. Aber alles läuft besser, wenn sie nicht da ist.« Er hielt inne. »Was aber nicht bedeutet, dass ich will, dass sie gekappt wird.«

»Hab ich nie gesagt.«

»Gut. Denn ich würde nie irgendjemand wehtun wollen. Nicht einmal nervigen kleinen Langweilerinnen. Außer ich wäre in der Armee, dann schon, weil dann wäre das mein Job, dann würde ich ihnen zwischen die Augen schießen.« Er machte aus seiner Hand eine Pistole und blickte durch ein unsichtbares Visier. »PENG! PENG! PENG!« Aus der Pistole wurde wieder eine Hand. »Aber natürlich nur, wenn sie der Feind wären.«

Ich durfte nicht zulassen, dass sich Rocky von seinem Lieblingsthema ablenken ließ. »Können wir noch ein bisschen über Klaris reden?«

»Was? Oh, ja. Klar.« Er zupfte etwas Grünes von seinen gro-ßen, weißen Vorderzähnen und wischte es an seiner Hose ab. »Also, mir gefällt einfach nicht, wie sie Floh kontrolliert. Das ist nicht normal.«

»Was meinst du mit ›nicht normal‹?«

»Sie …« Er zögerte.

»Sie was? Zwingt sie ihn zu irgendwelchen Sachen?«

Er lachte. »Nein.«

»Was dann?«

»Nein, das Gegenteil. Sie hält ihn davon *ab*, normale Sachen zu machen.«

»Was meinst du damit?«

»Es ist so: Floh ist mein Bruder. Klar ist er vier Jahre jünger als ich, trotzdem ist er mir altersmäßig am nächsten. Aber er will nie mit mir abhängen oder Sachen machen, die mir gefal-len, weil Klaris ihm sagt, er soll es nicht tun.«

»Was für Sachen?«

»Du weißt schon, an Türen klopfen und wegrennen. Oder Po einen Streich spielen. Oder sogar schwimmen gehen. Hast du gewusst, dass Klaris Floh nicht schwimmen gehen lässt?«

Ich schüttelte den Kopf. »Ich dachte einfach, dass er das nicht so toll findet.«

Rocky lehnte sich vor. »Nein, Floh ist früher immer total gerne schwimmen gegangen. Er war eine richtige Wasserratte. Dann hat er damit aufgehört. Jetzt paddelt er wie ein Kleinkind nur am flachen Ende des Beckens rum und alle starren ihn an. Das ist total peinlich.«

»Und du weißt nicht, warum er nicht mehr schwimmen will?«

Rocky kratzte sich am Kopf und begutachtete dann seine Fingernägel. »Es liegt wohl daran, dass …« Er senkte die Stimme. »Ich hab was gemacht und deswegen voll den Ärger gekriegt, was total unfair war. Du erinnerst dich bestimmt daran.«

»Nein, du wirst meinem Gedächtnis auf die Sprünge helfen müssen.«

Er murmelte: »Ich hab ihn unter Wasser gehalten und er ist fast ertrunken.«

»Oh, das. Ja, daran erinnere ich mich. Warum hast du das getan?«

»Es war eigentlich keine große Sache. Ich hatte mein Surfbrett mit zum Freibad genommen, durfte damit aber nicht ins Wasser. Ich war ziemlich genervt und deshalb … Deshalb hab ich mir gedacht, ich bin mal kreativ und bastel mir selbst eins.«

»Aus deinem Bruder?«

»Genau. Er hatte sonst nichts vor und da hab ich mir gedacht, warum nicht? Aber er ist merkwürdig blau angelaufen und hat eine Menge gehustet und auf die Seite des Beckens gekotzt. Es hat voll gestunken.«

»Und wo war Klaris?«

»An dem Tag war sie, glaube ich, nicht da.«

»Aber seitdem ist sie ständig da?«

»Ja.«

Das brachte mich nicht weiter, deshalb nahm ich den Zettel heraus.

»Rocky, nimm's mir nicht übel, aber hast du irgendwas auf dieser Liste gemacht?«

Er nahm meinen Stift und sah sich die Liste genauer an. Er kreuzte etwas an und drehte sich wieder zum Fernseher, um zuzuschauen, wie ein Kandidat ein Auto kurzschloss. »Ach, so macht man das«, sagte er. »Das wollte ich schon immer lernen.«

Ich sah mir die Liste an. Er hatte Punkt vier angekreuzt.

»Rocky, warum hast du die Hunde besoffen gemacht?«

Er blickte weiterhin zum Fernseher, doch es kam mir so vor, als zuckte er zusammen. »Es war für einen guten Zweck. Dad würde mir wahrscheinlich danken, wenn er den Grund kennen würde.«

»Ja, und der wäre?«

Er riss den Blick vom Bildschirm los, aber anstatt in meine Richtung zu sehen, konzentrierte er sich auf ein winziges Loch in seiner Hose und fing an daran herumzuzupfen. »Hast du gewusst, dass mein Dad sich einbildet, er wäre ein Labradorzüchter? Mein Großvater hat eine Menge Hundeschau-Champions herangezogen und mein Dad hat die Trophäen immer noch in seinem Arbeitszimmer. Deshalb hat er Annie gekauft – sie hat anscheinend einen richtigen Gewinner-Stammbaum. Problem ist nur, dass Henry sich nicht auf die Art für sie interessiert. Er will nur mit ihr befreundet sein.« Rocky hob den Kopf und ich war überrascht, wie mitgenommen er aussah. »Jedes Mal wenn

Annie läufig ist, bekommt Dad total schlechte Laune, wenn sie nicht schwanger wird.«

Ich nickte, hatte aber immer noch keine Ahnung, worauf er hinauswollte.

»Also, es war kurz vor den Ferien und Annie war läufig, aber Henry hat sie wieder links liegenlassen und Dad war deswegen total mies drauf, sogar noch schlimmer als sonst, und er hat es an uns ausgelassen, dass sein Hund nicht spitz war. Da hatte ich eine geniale Idee. Du hast doch bestimmt schon gehört, dass es heißt, Leute würden unter dem Einfluss von Alkohol Sachen tun, die sie später bereuen? Na ja, da hab ich mir gedacht, ich versuch das mal bei den Hunden. Um sie in die richtige Stimmung zu bringen.« Bei der Erinnerung grinste er bis über beide Ohren. »Es hat auch funktioniert. Annie wirft schon bald und Dad ist nicht mehr ganz so mies drauf. Jedenfalls war das so, bis die ganze Sache mit Klaris angefangen hat.«

»Dann sind ja eigentlich alle glücklich«, sagte ich. »Nur dass dein Dad irgendwie dahintergekommen ist.«

»Ja also, das ist Henrys Schuld. Dad hätte es nie erfahren, wenn Henry nicht plötzlich das Bedürfnis gehabt hätte, auch ihm seine große Zuneigung zu zeigen, und zwar mit einem dicken Kuss mit Alkoholfahne.«

Ich freute mich nicht darauf, das Dr. Cliff zu erklären.

»Ich muss dich das fragen, Rocky: Hast du außer der Sache mit dem Whisky noch irgendwas anderes auf der Liste gemacht?«

Er nahm sie noch einmal in die Hand, ging sie langsam

durch, wobei er die Lippen beim Lesen bewegte, und reichte sie mir zurück.

»Nö. Ich schwöre beim Leben meiner Säuferhunde, dass ich sonst für nichts verantwortlich bin.«

Ich schob ihm ein Blatt Papier hin. »Schreib's auf und unterzeichne dein Geständnis hier.«

Er schrieb: »Ich war das mit dem Whisky. Sorry …« Und setzte seinen Namen darunter, wobei er einen Smiley ins O malte und einen Schnörkel ans Ende des Y setzte.

Dann sagte er: »Wenn du nichts dagegen hast, überlasse ich die restliche Ermittlerei dir. Ich meine, ich helfe dir, wenn du mich brauchst, aber das ist nicht wirklich mein Ding.«

Ich nahm ihm das Geständnis aus der Hand und versuchte enttäuscht zu gucken.

»Ist schon in Ordnung, Rocky. Ich weiß, du hast viel zu tun. Wir werden versuchen alleine klarzukommen.«

Floh lugte durch die Wohnzimmertür.

»Seid ihr zwei fertig?«

»Verschwinde«, sagte Rocky. »Lass die echten Leute in Ruhe.«

Wahrscheinlich hatte ich erwartet, dass Floh weglaufen oder zumindest traurig schauen würde. Aber das tat er nicht. Er starrte Rocky einfach nur an, als wäre er ein Tier in einem Zoo.

Rocky starrte einen Moment lang zurück, dann sah er blitzschnell weg und murmelte: »Floh. Es … äh … Es tut mir leid, dass ich dich damals fast ertränkt hätte.«

Floh sah ihn noch einmal fest an, nickte dann fast unmerklich und ging weg.

Ich fand ihn auf der Schwelle der Hintertür sitzen und quetschte mich zwischen seine knochige Hüfte und den Türrahmen.

»Gute Neuigkeiten, Floh – ich hab ein unterschriebenes Geständnis für die Sache mit dem Whisky.«

»Toll.« Er klang nicht sehr glücklich.

»Was ist los?«

»Eigentlich nichts. Es ist nur … Es ist nur, dass ich die Sache mit dem Ertrinken schon vergessen hatte, und jetzt ist die Erinnerung daran wieder da.«

Ich seufzte. »Das ist schon lange her, Floh. Und er hat nicht *wirklich* versucht dich umzubringen, weißt du? Er war einfach mal wieder typisch Rocky.«

Floh schloss die Augen, legte seine Finger zu einem Dach zusammen und atmete tief durch die Nase aus und ein.

»Das sagt Klaris auch. Sie sagt, er kann nichts dafür, er ist einfach unreif. Sie sagt, dass Schwimmen gut ist und dass ich die Sache abhaken und Spaß haben soll.«

Ich legte den Arm um seine spitzen Schultern.

»Er hat sich doch entschuldigt. Und ich glaube, er hat es wirklich ehrlich gemeint.«

Floh lächelte unsicher. »Ja, das hat er.« Er dachte einen Augenblick lang nach. »Vielleicht werde ich ihm bald verzeihen.«

»Gut. Also ich gehe jetzt für eine Weile nach Hause. Kommst du hier alleine klar?«

Er blickte verwirrt. »Ich bin doch gar nicht allein, Joseph. Klaris ist bei mir, du Dummerchen.«

Und dann sah ich die Ameisen auf der Stufe, die abprallten, als wären unsere Füße von irgendeinem insektenabweisenden Kraftfeld umgeben.

Da spürte ich, dass sie mit mir sprach, und ich glaube, sie sagte etwas wie: »Mach dich an die Arbeit, Joseph.«

Wie cremiger Spinat

Zu Hause setzte ich mich aufs Sofa und übertrug meine Gespräche mit Po und Rocky in ein altes Schulheft. Dann klebte ich Rockys Geständnis mit dem Kleber hinein, den Po mir gegeben hatte.

Dad kam mit meinen Schuhen für die Schule herein.

»Schau dir die an. Die Nähte haben sich aufgelöst, Joseph. Wir müssen dir wohl ein neues Paar kaufen. Wir wollen ja nicht, dass du wie ein Straßenkind aus einem Dickens-Roman aussiehst, wenn du das neue Schuljahr anfängst.«

»Ja. Sie sind sowieso ein bisschen klein. Ich denke, ich hab jetzt Schuhgröße 40 oder 41.«

Dad lockerte die ausgefransten Schnürsenkel und zog die Zunge heraus. Er kniff die Augen zusammen, um die Aufschrift zu lesen.

»Die hier sind Größe 39. Wie kommt es, dass deine Füße so schnell gewachsen sind?«

»Sie halten einfach nur mit dem Rest von mir mit. Seit wir die hier gekauft haben, bin ich etwa zehn Zentimeter größer geworden. Wenn meine Füße nicht auch gewachsen wären, würde ich wahrscheinlich umfallen.«

»Da hast du natürlich Recht, Joseph. Na ja, wir fahren ja eh in die Stadt, dann lassen wir deine Füße messen. Wir wollen ja nicht, dass deine Zehen schief wachsen. Deine Mum würde mir das nie verzeihen.«

Ich wollte gern erwidern: Da sie nicht hier ist, kann sie auch keine Meinung zu der Form meiner Zehen haben, oder? Soweit es sie betraf, konnten sie sich nach oben biegen wie die Schuhe von Hofnarren, mit einem Glöckchen obendrauf. Aber ich dachte es stattdessen nur, denn auch wenn es sich vielleicht gut angefühlt hätte, so etwas zu sagen, wusste ich doch, dass es absolut nicht seine Schuld war. Und es nie gewesen war.

»Wie dem auch sei, der Schuhladen ist direkt neben diesem trendigen Herrenbekleidungsgeschäft. Ich hoffe, dass wir dort für meine Verabredung am Freitag etwas Nettes zum Anziehen finden.«

»Wenn du dir neue Klamotten kaufst, musst du es mit dieser Frau ja wirklich ernst meinen.«

»Sei nicht so frech! Ich kaufe mir ständig neue Kleider. Ich muss nur nicht bei jeder Mode mitmachen, das ist alles. Ich halte es lieber mit den Klassikern: schwarze Jeans, gut sitzendes T-Shirt, vielleicht noch mit einer Kultband drauf, und ein Paar eingelaufene Doc Martins – damit kann man nichts falsch machen. Denn wahrer Stil, mein Junge, kommt nie aus der Mode.«

»Ja, Dad. Wenn du das sagst.«

Ich half ihm seine Brieftasche und die Schlüssel zu finden und dann gingen wir nach draußen. Ich hoffte, dass er auf seinen relativ neuen Arbeitstransporter zusteuern würde. Aber nein, es musste das Auto sein. Stilvoll reisen, nennt er das. Jetzt mal im Ernst. Es war wahrscheinlich schon immer ein peinliches Fahrzeug gewesen: ein dreißig Jahre alter kanariengelber Ford Capri mit schwarzen Rallye-Streifen an der Seite und mit Schalensitzen. Aber mittlerweile war der Wagen weit jenseits von peinlich und konnte nur noch als absolut beschämend bezeichnet werden. Der einzige Trost war, dass die Sitze tief lagen und die Windschutzscheibe getönt war, so dass mich niemand darin sehen konnte.

Ich stieg ein und schloss vorsichtig die Tür, damit nichts abfiel. Obwohl es schon von außen übel aussah, war das nichts im Vergleich mit innen. Das Auto war vom vorherigen Winter immer noch nicht ganz trocken und es roch nach Kompost. Ich kratzte mit dem Fingernagel an der grün verkrusteten Fensterdichtung entlang und untersuchte, was darin zu finden war. Es sah aus wie cremiger Spinat – noch etwas, das es nicht mehr gab, seit Mum weg war.

Dad stieg ein und ließ den heiseren Motor an.

Ich hielt den Finger hoch, um es ihm zu zeigen. »Hast du gewusst, dass in den Fenstern Moos wächst?«

»Jep. Die meisten Leute haben ein Soundsystem in ihrem Auto. Wir haben ein Ökosystem.«

»Sehr witzig. Aber hier drin stinkt's.«

Er seufzte. »Ja, ich weiß.«

Als wir mit knirschenden Reifen langsam aus der Auffahrt rollten, weil Dad wie üblich drei Kilometer die Stunde fuhr, um keine herumstreunenden Cliff-Kinder zu überfahren, tauchte Floh auf. Er rannte aufs Auto zu und ich kurbelte vorsichtig das Fenster herunter.

»Wo gehst du hin, Joseph?« Sein Gesicht war noch blasser als sonst und er wackelte auf den Zehenspitzen herum.

»In die Stadt.« Ich schüttelte den Kopf und mein Pony rutschte mir in die Augen. »Ich muss zum Friseur.«

Er hielt eine Zeitung hoch. »Schau mal, hier auf der Titelseite.« Ich schob meinen Pony zur Seite. »Klaris hat das entdeckt. Sie hält sich gerne auf dem Laufenden, was in der Welt passiert.«

TRAGISCHER TOD EINES MANNES –
UNSICHTBARE PERSON UNTER VERDACHT

Meine gute Laune sackte dorthin zurück, wo sie sich üblicherweise herumdrückte.

»Kann ich das behalten?«

Floh reichte mir die Zeitung durchs Fenster und trat einen Schritt zurück, als wir aus der Auffahrt fuhren. Im Seitenspiegel konnte ich sehen, wie er auf Zehenspitzen dastand und winkte.

Ich las lautlos, während Dad fuhr.

Peter White, 38, wurde tot in seinem Einfamilienhaus auf West Vale Drive gefunden. Ein Polizeisprecher erklärte, dass die Todesursache noch unklar sei. In einem Exklusiv-Interview mit unserer Zeitung berichteten die

Nachbarn jedoch, dass es Bedenken hinsichtlich des unsichtbaren Freunds von Whites sechsjähriger Tochter Verity gegeben habe.

Ein Anwohner, der nicht namentlich genannt werden will, sagte uns: »Es war dieser Mr Sparks, das wissen wir alle. Der hat ständig irgendwas im Schilde geführt. Er war böse. Die liebe kleine Verity konnte ihn nicht kontrollieren. Wir haben Pete gewarnt, aber er wollte nicht auf uns hören. Er hat immer gesagt, er wäre harmlos. Und jetzt sehen Sie ja, was passiert ist.«
White litt bekanntlich unter einem Herzleiden, soll aber in letzter Zeit bei guter Gesundheit gewesen sein.
Es heißt, die Familie habe sich bereit erklärt, dass Verity vorsichtshalber dem medizinischen Eingriff zur Entfernung einer unsichtbaren Person, auch bekannt als KAPPUNG, unterzogen wird.

Dad hatte wohl die Überschrift gesehen – sie war groß genug –, sagte aber nichts, während ich las. Als ich fertig war und die Zeitung über Mr Whites lächelndem Gesicht zusammenfaltete, fragte Dad: »Möchtest du über irgendwas sprechen?«
Ich schüttelte den Kopf.
»Beschuldigen sie einen bösartigen Unsichtbaren?«
»Ja.«
Er wurde beim Kreisverkehr langsamer. »Und du denkst jetzt, dass es die Sache für Floh noch weiter erschwert, oder?«

Ich antwortete nicht.

»Es ist nur das örtliche Käseblatt, Joseph. Ich würde mir darüber keine Gedanken machen. Ich bin sicher, es wird sich rausstellen, dass der arme Kerl bereits ein gesundheitliches Problem hatte.«

»Woher hast du das gewusst?«

»War nur geraten. Das machen Zeitungen ständig. Bringen alle in Aufruhr, einfach so. Egal, um Floh musst du dir deswegen jedenfalls keine Sorgen machen. Dr Cliff ist Mediziner und Wissenschaftler. Geschichten wie diese werden seine Entscheidung bestimmt nicht beeinflussen.«

Ich wollte daran glauben, dass er Recht hatte. Dennoch musste ich meine Knie festhalten, damit sie aufhörten zu zittern.

Die Dämmerung brach herein, als wir aus der Stadt zurück nach Hause fuhren, und ich war so vollgefressen, dass mir schlecht war.

Wir waren schließlich in *Don Giovanni's Pizza Emporium* gelandet, und anstatt zu versuchen mich mit dem Kindermenü abzuspeisen – eine Mini-Pizza und eine popelige Schüssel Eiscreme mit schleimiger roter Soße –, hatte Dad mir die Speisekarte gereicht und gesagt, ich könnte mir aussuchen, was ich wollte. Natürlich wusste er, dass er keinerlei Risiko einging, weil ich nur Pizza Margherita mag, aber ich fand es trotzdem toll von ihm.

Es entschädigte mich beinahe für die Tatsachen, dass ich nur ein Paar neue Schuhe für die Schule und einen schlechten Haarschnitt bekommen hatte, während Dad sich für sein Date teures Aftershave und eine elegante Tragetüte voller wie Origami gefalteter neuer Kleider geleistet hatte.

Ich konnte ihn nicht davon abhalten, wieder ein Paar schwarze Jeans zu kaufen, doch dann fand ich ein cooles lilafarbenes Hemd mit weißem Muster. Es war nicht das, was er normalerweise trug, und er hielt es gerade vor sich und starrte stirnrunzelnd in den Spiegel, als ein Verkäufer versuchte es ihm abzunehmen, um es einem jungen Typen zu geben, der neben den Umkleiden stand. In dem Moment beschloss Dad natürlich, dass er es wollte, und marschierte schnurstracks zur Kasse, wo er mit seiner Kreditkarte herumwedelte.

Auf dem Heimweg freute er sich immer noch diebisch.

»Hast du sein Gesicht gesehen, als ich es gekauft habe, Joseph? Hast du es gesehen?«

»Ja. Hab ich, Dad.«

»Ich werde in diesen Klamotten am Freitag super aussehen. Zehn Jahre jünger. Das könnte vielleicht der Anfang eines neuen Lebensabschnitts für mich sein. Das habe ich im Urin.«

Hirsch!

»Hirsch!«

Dad trat auf die Bremse und das Auto schlitterte so heftig nach rechts, dass mich nur der Sicherheitsgurt davon abhielt, auf seinem Schoß zu landen. Eine halbe Sekunde später spazierte ein riesiger brauner Hirsch auf die Straße und blieb genau vor uns stehen. Er starrte uns an und unsere Scheinwerfer spiegelten sich im Weiß seiner Augen wider.

»Heiliger Strohsack, das war knapp«, sagte Dad, als der Hirsch sich umdrehte und in den Wald auf der anderen Seite der Straße trottete. »Danke für die Warnung. Wir hätten das nicht so toll gefunden, wenn er durch die Windschutzscheibe hereingekommen wäre, was?« Er tätschelte das Armaturenbrett und ich begriff, dass er mit dem Auto sprach. Dann wandte er sich zu mir und legte den Kopf schief. »Ich weiß nicht, wie du den sehen konntest, Joseph. Du hast offenbar viel bessere Augen als ich. Zeigt deutlich, wie sehr ich diese neue Brille brauche.«

»Äh, ja«, erwiderte ich. »Es liegt wahrscheinlich an der Abenddämmerung. Alte Augen haben's schwer in dem Licht.«

Doch ich hatte den Hirsch auch nicht früher bemerkt als er. Unser Glück war, dass Klaris ihn gesehen hatte. Sie hatte uns vor einem schlimmen Unfall bewahrt. Und obwohl mir klar wurde, dass sie auch den stinkenden alten Ford Capri gerettet hatte, war ich dankbar.

»Danke, äh, Klaris«, sagte ich lautlos in die verpestete Luft des Autos.

Und von irgendwo in meinem Hinterkopf spürte ich, wie sie antwortete: »Gern geschehen.«

Aber ich hatte ihr noch mehr zu sagen, deshalb kurbelte ich das Fenster herunter und flüsterte in die Brise.

»Ich werde dich retten, ich versprech's. Nicht nur für uns. Auch für dich. Du bist nicht … Du bist gar nicht so schlimm.«

Doch als wir zu Hause ankamen und hineingingen, versickerte meine Gewissheit wie Wasser im Abfluss.

Auf der Matte lag eine Nachricht mit meinem Namen darauf. Ich drehte sie um. Da stand:

ABUP kommen am Freitag um vier Uhr.
Wir haben nur noch 2 volle Tage. Die Zeit
wird knapp. Treffen morgen früh um 9.
Floh X

Mittwoch

Diggers Keuchen

Als ich am nächsten Morgen in meiner Kurzpyjama-Morgen-mantel-Kombi nach unten getorkelt kam, waren Dad und Floh mitten in einem Kartenspiel.

»Hey, Dornröschen. Floh hat mir erzählt, dass ihr heute Morgen verabredet wart. Er sagt, du hilfst ihm bei seinem, äh, Problem.«

»Ja, so ungefähr.« Ich konnte an dem Gesicht meines Dads ab-lesen, dass Floh ihm nicht die ganze Geschichte erzählt hatte. »Was spielt ihr da?«

Floh sah mit ausdrucksloser Miene von seinen Karten auf: »Poker.«

»Im Ernst?«

»Und wie«, sagte Dad. »Der junge Mann weiß offenbar, was er tut. Deshalb nimm ihn bitte mit, bevor ich mein letztes Hemd an ihn verliere.«

Floh legte seine Karten ab und fegte einen Turm Münzen zu-sammen. Es waren hauptsächlich Zwei- und Fünf-Pence-Stü-cke, die aber einen beeindruckenden Stapel bildeten.

»Danke, Floh«, sagte Dad. »Lass uns bald mal wieder spielen. Sobald ich wieder was angespart habe.«

»Wann immer Sie wollen.« Floh drehte sich zu mir. »Hier, das kannst du haben. Das ist dein Lohn.«

Ich schob es weg. »Nein. Ich will dein Geld nicht, Floh.«

»Mach schon, Joseph«, drängte mich Dad. »Wenn er dich für deine Hilfe bezahlt, fühlt er sich besser.«

Floh nickte, aber ich wollte es nicht nehmen. Er wusste doch bestimmt, dass ich ihm nur half, weil ich nicht wollte, dass auch an meinem Kopf herumgepfuscht wurde? Ich entschied mich für einen Kompromiss.

»Okay, Floh, wie wär's, wenn wir zum Laden gehen und es zusammen ausgeben?«

Smith's Gemischtwarenladen ist etwa zwanzig Minuten von uns entfernt; nah genug, um hinzulaufen, doch weit genug, dass wir nicht ständig hingehen.

Da die Straße ins Dorf keinen Bürgersteig hat, marschierten wir hintereinander an der schmalen, mit Gras bewachsenen Seite entlang. Wir unterhielten uns nicht, denn der Boden ist so uneben, dass man leicht umknickt, wenn man nicht aufpasst. Und jedes Mal wenn ein Auto vorbeirauscht, reißt der Luftzug die Sätze mit sich fort.

Also stolperte ich die Straße entlang, während ich darüber nachdachte, wie ich die Befragung der Zwillinge anpacken sollte. Eine Sache stand fest: Ich würde nicht auf ihre Süße-Kleine-Jungs-Nummer reinfallen. Ich musste nur den richtigen Ansatz finden. Aber wie bekommt man die Wahrheit aus zwei Fünfjährigen heraus, die kaum mit irgendjemandem reden außer miteinander?

Ich arbeitete noch an meiner Strategie, als wir den Laden erreichten. Ich drückte die Tür auf und das »Bing-Bong« der neuen, elektronischen Klingel ging fast in dem Konservengelächter unter, das von irgendwo hinter der Theke herüberdrang. Eine Minute später betrachteten wir die Auswahl an verstaubten Schokoladenriegeln und furchterregenden getrockneten Früchten, als der rote Perlenvorhang, durch den man nach hinten gelangte, klimperte und Terri Bickle hindurchschritt wie Moses durch das Rote Meer.

Terri war eine Klasse über mir und an der Schule berühmt-berüchtigt. Sie zwängte sich hinter die Theke und musterte uns von Kopf bis Fuß, um sicherzustellen, dass wir nichts in unsere Taschen gestopft hatten, während sie weg gewesen war. Dann huschte ein verwirrter Ausdruck über ihr Gesicht und für einen kurzen Moment klappte ihr die Kinnlade herunter, so dass man ihre mit Spucke überzogene Spange sehen konnte.

»Joseph Reece, das is' doch nicht dein Bruder, oder?«, fragte sie mich. »Der Kleine, der mit den Unsichtbaren spricht?«

Ich schüttelte den Kopf und guckte mich weiter nach etwas Gutem um, für das wir Flohs Gewinn ausgeben konnten.

»Dacht ich's mir doch.« Sie winkte mich näher heran, doch ich blieb, wo ich war. Dennoch sagte sie: »Wenn ich du wäre, würd' ich 'n großen Bogen um den und dieses Ding machen.«

Ich schnappte mir eine überteuerte Tüte Chips, vegetarische Weingummischlangen und Schokolinsen, knallte das Geld auf die Theke und stopfte die Süßigkeiten in meine Taschen. Dann marschierten wir ohne das Wechselgeld aus dem Laden.

Aber sobald wir auf der Straße standen, wusste ich nicht, wo wir hingehen sollten.

»Wie wär's mit dem Park?«, schlug Floh vor.

Obwohl es das naheliegendste Ziel war, schüttelte ich den Kopf. »Der ist zu voll.«

Floh dachte eine Weile über meine Antwort nach und sagte dann: »Ich weiß, es ist peinlich, mit mir gesehen zu werden. Tut mir leid.«

»Es ist mir nicht peinlich.« Ich antwortete zu schnell. Es war ganz offensichtlich gelogen. Ich kickte eine Pepsidose aus dem Weg und wich Flohs Blick aus.

»Okay«, erwiderte er. »Aber wenn es so wäre, würde es mir nichts ausmachen, das ist alles. Ich bin daran gewöhnt.«

»Es ist nicht wegen dir, Floh. Aber ein paar von den Kids, die immer im Park rumlungern, sind voll die Loser.«

»Okay, dann lass uns zum Friedhof gehen. Da ist nie einer, außer …« Floh flüsterte jetzt. »Außer wenn gerade jemand beerdigt wird.«

»Der Friedhof? Warum nicht?«

Die rostige Pforte des Sankt-Aloysius-Friedhofs quietschte, als wir sie aufschoben, und hinterließ scharfkantige, kleine Farbsprenkel an unseren Handflächen. Aber sobald wir drin waren und keine Fledermäuse den Himmel verdunkelten, fing ich an mich zu entspannen. Ein weiterer heißer Sommertag bahnte sich an und ich glaubte nicht, dass die Untoten es riskieren würden, sich von der Sonne verbrutzeln zu lassen, nur um mir Angst einzujagen.

Ich fühlte mich schließlich sogar so entspannt, dass ich vorschlug auf eine der zerbröckelnden alten Grabstätten zu klettern, um dort zu sitzen, doch da Floh das für respektlos hielt, entschieden wir uns schließlich für eine Bank in der Nähe der neueren Grabsteine. Ich reichte Floh die Schokolinsen und machte meine Tüte Chips auf, behielt aber die Weingummischlangen in der Hosentasche. Die brauchte ich für später.

Wir saßen schweigend da. Floh nahm sich mit den Schokolinsen gern Zeit. Er rührte sich nicht und redete kein Wort, bis sie ganz geschmolzen waren. Aber ich hatte sowieso keine Lust, mich zu unterhalten. Ich streckte die Beine aus, genoss das Zusammenspiel von Vogelgesang und dem Knuspern meiner Chips und fragte mich, ob einer von uns hier begraben werden würde. Ich sah mir einige der Namen auf den Grabsteinen an: Da waren Humphreys, Turners und Johnsons. Keine Reeces. Reece ist ein walisischer Nachname und Wales war weit weg.

Während ich so dasaß und dem tiefen Gurren der Tauben und dem hohen Zwitschern und Piepsen der zankenden Spatzen lauschte, schnappte ich noch etwas anderes auf – Klaris unterhielt sich. Doch nicht mit mir oder Floh. Es war, als würde man nur eine Seite eines Telefongesprächs hören. Mittlerweile verstand ich, was sie sagte, immer besser und zum zweiten Mal konnte ich für einen kurzen Augenblick auch spüren, was sie fühlte: Traurigkeit, Freude, Belustigung. Ich begriff, dass sie in meinem Kopf war, doch manchmal steckte ich auch ein kleines bisschen in ihrem.

Floh hörte ihr auch zu, doch er wirkte nicht überrascht. »Sie kennt ein paar von ihnen«, erklärte er und ließ den Blick über die weiße Grabsteinlandschaft schweifen. »Sie redet nicht gerne über ihre Vergangenheit, aber ich glaube, sie hat mal im Dorf gelebt.«

Natürlich wusste ich, dass Klaris irgendwann eine lebendige Person gewesen sein musste. Sie war nicht anders als andere unsichtbare Freunde. Sie leben, sie sterben, sie schweben eine Zeit lang umher – Tage, Jahre, Jahrhunderte – und dann nisten sie sich, warum auch immer, im Gehirn irgendeines ahnungslosen Kinds ein, während es sich Feen vorstellt oder Superheld spielt.

Aber es ist eine Sache, etwas zu wissen, weil man es in der Schule gelernt hat – zum Beispiel, wo Eier herkommen –, und eine ganz andere, es sich vor Augen zu halten, wenn man gerade sein Frühstücksei löffelt. Daher hatte ich mir die Person, die in meinem schönen neuen Kopf aus dem 21. Jahrhundert herumschwirrte, nie als jemand Verstaubtes aus der viktorianischen Zeit oder dem Mittelalter vorgestellt.

Aber an diesem Tag, im strahlenden Sonnenschein, kam mir alles irgendwie besser und nicht mehr ganz so unerträglich vor, darum suchte ich mit dem Blick die Grabsteine ab, ob auf einem davon ihr Name stand.

»Floh, wie schreibt man Klaris?«

Er zuckte mit den Schultern. »Ich war klein, als sie zu mir gekommen ist, und sie hat mir gesagt, ich kann es schreiben, wie ich will. Und ich schreibe es K-L-A-R-I-S. Warum?«

»Ach, nichts.«

In dem Moment hörte ich Diggers Keuchen. Zwischen den Bäumen erspähte ich seinen niedrigen, glänzenden Körper, wie ein polierter Couchtisch aus Mahagoni. Er fegte in unsere Richtung und zerrte Tyler Jones und seinen kleinen Bruder Ethan hinter sich her. Der Hund hob die Nase vom Boden, als er uns sah, und kaum hatten die Jungs die Leine losgelassen, da rannte er schnurstracks zu mir, um mich mit schäumendem Speichel vollzusabbern.

Tyler schrie herüber. »Joseph! Floh! Yo! Wir soll'n euch Park bringen.« Er hatte offensichtlich an seinem Gangsta-Slang gefeilt. Er zeigte auf Floh. »Die Bros woll'n euch was zeigen.«

Er schubste seinen Bruder Ethan, eine kleinere Version von ihm selbst, von dem blonden Igelschnitt mit dem rasierten Zickzackmuster an den Schläfen bis hin zu seiner spitzen, sommergesprossten Nase. »Stimmt's, Eef!«

Ethan nickte. »Ja, genau was Ty gesagt hat.«

Floh drehte sich zu mir, aber ich zuckte mit den Achseln – ich hatte auch keine Ahnung, was das sollte. Da wir uns nicht vom Fleck bewegten, packte Tyler Floh am Arm und fing an ihn vom Friedhof zu zerren. Ich bin größer und älter und hätte Tyler einfach wegschubsen sollen, doch auf einmal kamen mir Diggers zu einem Lächeln entblößte, scharfe Zähne sehr bedrohlich vor. Daher beschloss ich, dass es besser wäre, sich kooperativ zu zeigen.

»Lass ihn los, Tyler, dann kommen wir mit«, sagte ich. »Wir haben sowieso nichts Besseres vor.«

Er ließ Flohs Arm los. »Mach bloß nicht die Flatter, sonst setzt's was.«

K für Killer

Wir liefen die Straße hinunter, die zum Park führte, während Digger um uns herumsprang.

Als wir durch das Steinportal gingen, zeigte Tyler auf den bewaldeten Bereich hinter den Schaukeln. »Da lang«, sagte er. Und dann sahen wir sie: fünf ältere Jungs, nebeneinander aufgereiht, die mit verschränkten Armen und finsterem Blick auf uns warteten. Der älteste, Charlie Frazer, bereits 1,83 Meter groß, mit fettigem schwarzem Haar und einem dunklen Schatten, wo sein erster Schnurrbart schon in den Startlöchern stand, trat nach vorne.

»Gut, dass ihr zwei hier seid«, teilte er uns mit. »Ich hab nämlich 'n kleines Problem.«

Die menschliche Wand teilte sich und gab den Blick auf ein Fahrrad frei. Ein gewöhnliches Rennrad, sonst nichts.

Floh schaute verwirrt. »Was ist damit?« Er ging näher heran. »Ist die Kette abgesprungen? Rocky kann das reparieren. Mit einem kleinen Löffel. Ich könnte ihn fragen, wenn du magst.«

Charlie ging zum Fahrrad hinüber, stellte es auf und drehte die Pedale, während er das Hinterrad hochhielt. Das Rad schnurrte beim Drehen.

»Nö, is' nicht die Kette. Guck, funktioniert einwandfrei.« Er legte die Hand auf den Reifen, stoppte das Rad und sah Floh eindringlich an. »Genau wie gestern, als ich den Hügel runtergesegelt bin.«

»Was ist dann das Problem?«, fragte Floh, dem offenbar die seltsam ruhige Atmosphäre nicht aufgefallen war.

»Ach, nur diese Kleinigkeit«, antwortete Charlie und drückte den hinteren Bremshebel. Der schloss sich mit einem Klappern, doch als er ihn losließ, baumelte er nutzlos herunter und auf beiden Seiten schaute das ausgefranste Kabel hervor.

»Oh«, sagte Floh. »Das könnte sehr gefährlich werden.«

Charlie verzog das Gesicht. »Genau das hab ich mir auch gedacht, als ich mit dem Kopf voran über den Lenker geflogen bin und fast mein Hirn auf der Straße verteilt hätte. Sehr gefährlich.«

»Du hast Glück, dass nichts Schlimmes passiert ist«, erwiderte Floh.

Plötzlich begriff ich, was hier gerade lief.

»Das hat nichts mit ihm zu tun, Charlie«, wandte ich ein. »Komm, Floh, wir gehen.«

Die Jungs traten nach vorne. »Ihr geht nirgendwohin, bis ich meine Entschädigung habe«, sagte Charlie. »Deine Klaris ist schuld und dafür musst du bezahlen. Ich hätte mir den Hals brechen können, weißt du.«

»Klaris?«, fragte Floh. »Nein, das ist nicht möglich. Sie kennt sich mit Fahrrädern doch überhaupt nicht aus.«

»Natürlich war sie's«, fauchte Charlie ihn an. »Wer würde

sonst versuchen einen netten Jungen wie mich umzubringen?«

Mit schier übermenschlicher Anstrengung widerstand ich der Versuchung, ihm eine ganze Liste von Leuten herunterzubeten.

»Es muss jemand von *denen* sein. Alle wissen, dass deine Klaris bösartig geworden ist, da braucht man nicht lange nach dem Schuldigen zu suchen.«

Einen Moment lang war es still, dann sagte Charlie: »Zwanzig Mäuse oder du kriegst, was du verdienst.«

»Ach komm, Charlie«, ging ich dazwischen. »Er hat kein Geld. Er ist erst sieben.«

»Leer deine Taschen aus«, blaffte er Floh an.

Floh tastete die Seiten seiner Hose ab und blickte verwirrt. »Diese Shorts haben keine Taschen, was ziemlich ungewöhnlich ist. Meine anderen Hosen haben meistens welche. Manche sogar an den Seiten und hinten.«

Einer der anderen Jungs, Jamie Khan, zeigte mit dem Kopf auf mich. »Was ist mit ihm?«

Charlie dachte kurz nach und schüttelte den Kopf. »Nein, das ist eine Sache zwischen mir und diesem Ding, das in ihm drinsteckt.« Er seufzte. »Na gut, dann wird's halt stattdessen eine Strafe geben.«

Er drehte sich zu einem der älteren Jungs und streckte die Hand aus. Mein Herz zog sich zusammen, als ich beobachtete, wie man ihm etwas reichte, das schwarzsilbern aufblitzte. Es sah wie ein Messer aus. Er würde Floh doch nicht wirklich wegen eines kaputten Bremskabels mit einem Messer verletzen?

»Nein, Charlie«, schrie ich. »Steck das weg!«

Aber er beachtete mich nicht.

»Komm her«, befahl er und Floh ging, ohne zu zögern, zu ihm, als wäre er in Trance.

Charlie hielt den Gegenstand hoch, der, wie ich jetzt feststellte, ein schwarzer Filzstift war, und malte ein großes K auf Flohs Stirn, bevor er ihn zu mir zurückschickte.

»Das ist übrigens ein K für Killer. Und jetzt wissen alle, was sich in deinem Kopf versteckt – ein Killer.«

Als wir weggingen, konnte ich einen von ihnen rufen hören: »Halt dich und deine fiese Unsichtbare vom Dorf fern. Wir wollen nicht wegen Leuten wie dir irgendwann tot in unseren Betten aufwachen!«

Wir liefen schweigend weiter.

»Es tut mir leid«, sagte Floh, als wir uns der Hauptstraße näherten.

»Es ist nicht deine Schuld. Das sind bloß Idioten. Aber woher haben sie das gewusst?«

Floh zuckte mit den Achseln. »Vielleicht von Rocky. Er mag sie. Er spielt manchmal Fußball mit ihnen.«

Ich wollte ihm widersprechen, wollte meinen besten Freund verteidigen und sagen, dass er seinen Bruder nicht verraten würde, aber ich wusste, dass Floh vermutlich Recht hatte.

»Das mit dem K stört mich eigentlich nicht«, meinte Floh. »Es ist doch wie K für Klaris, oder? Netter Zufall eigentlich.

Man kann es bestimmt bald nicht mehr lesen. Dann male ich es vielleicht noch mal nach.«

Ich sah ihn an, wie er mit dem schiefen Buchstaben auf der Stirn neben mir herging, und musste lachen.

»Du bist ein echter Kauz, Floh. Hier, nimm die hier.« Ich reichte ihm den Rest der Schokolinsen und wir liefen schweigend nach Hause.

Mein Spinner

Zu Hause angekommen hatte ich erst einmal ein Hühnchen mit jemandem zu rupfen.

Wie immer lungerte Rocky vor dem Fernseher herum. Ich marschierte zum Gerät und schaltete es aus.

»Was soll der Scheiß?«, schimpfte Rocky und bewarf mich mit einem Kissen. »Ich hab das gerade geguckt.«

Ich fing das Kissen und schleuderte es mit aller Kraft zurück, wobei ich auf seinen Kopf zielte.

»Du hast diesen Dorftrotteln von Klaris erzählt, stimmt's?«

Er schaute verwirrt und zuckte dann mit den Achseln. »Wovon redest du überhaupt? Schalt den Fernseher wieder ein.«

»Ich fass es nicht, dass du das Floh antust.«

Er schob das Kinn vor, bereit für einen Kampf. »Was denn? Mit meinen Freunden reden?«

»Ja!«

Er lächelte und schüttelte den Kopf. »Joseph, du weißt schon, dass du genauso ein Spinner wirst wie er, oder? Was ist eigentlich dein Problem?«

»Ach, eigentlich nur, dass uns gerade Charlie Frazer mit seiner Bande aufgelauert hat. Er hat versucht Floh zwanzig Mäuse abzuknöpfen, weil du ihm erzählt hast, dass Klaris bösartig geworden ist. Du solltest mal sehen, was Frazer mit ihm gemacht hat, weil wir nicht zahlen konnten.«

Rockys Gesicht wurde puterrot. »Woher sollte ich denn wissen, dass das passieren würde? Du tust so, als wäre es meine Schuld. Glaubst du, ich hab ihnen das erzählt, damit sie meinem eigenen Bruder wehtun?«

»Keine Ahnung. Schließlich nennst du Floh ja ständig einen Spinner.«

»Das ist er ja auch. Aber er ist *mein* Spinner, kapiert. Wenn die ihm wehgetan haben, geh ich rüber und knöpf sie mir vor. Nur würd ich gern mal wissen, warum du dich so aufregst.«

»Warum?« Mein Atem fühlte sich heiß an in meinen Lungen und ich musste mich hinsetzen. »Weil er mein Freund ist.«

»Ja, und wie's aussieht, verbringst du auf einmal lieber Zeit mit einem siebenjährigen Spinner als mit mir.« Er legte einen Moment lang den Kopf in die Hände. Dann sprach er mit leiser, ruhiger Stimme. »Ich hab ein bisschen nachgedacht – wäre das wirklich so schlimm, wenn du gekappt wirst? Für dich ist es nicht so wie bei Floh und Klaris. Du verlierst ja niemanden, den du lieb hast, oder?«

Ich antwortete nicht, sondern legte einfach den Kopf auf die Sofalehne und starrte ins Leere.

»Super, Joseph«, sagte er und dann hörte ich, wie hinter ihm die Tür zuknallte.

Ich saß eine Weile lang da und wartete, dass mein Herz langsamer schlug. Natürlich konnte Rocky es nicht verstehen.

Größte Vorstellungskraft stand da.

Das Merkblatt, das sein Dad mir gegeben hatte, beschrieb genau, wie es gemacht wird. Der Patient trägt eine Haube mit lauter Elektroden und muss seinen unsichtbaren Freund herbeirufen. Da die oft nicht erscheinen, fordert man die Kinder stattdessen auf, ihre *größte Vorstellungskraft* zu benutzen und an etwas zu denken, wonach sie sich sehnen: Weihnachten, ein Pony, eine Reise zum Mond. Der Arzt beobachtet dann den Bildschirm und versucht ihren Sitz zu bestimmen – der Ort, an dem unsere Kreativität ihren Anfang nimmt, der Ort, an dem unsere Träume entspringen, der Ort, an dem sie leben. Und dann … Dann drückt er einen Knopf.

Und ich dachte an Mum.

Da, auf dem Sofa der Cliffs, gab ich nur für einen kurzen Augenblick meinen Gefühlen nach und stellte mir vor, wie sie mit ihrem Koffer in der Tür stand, braun gebrannt und mit einem Blick, der besagte: Es tut mir leid, Joseph. Es tut mir leid, dass ich dich verlassen habe. Ich werde nie wieder fortgehen.

Und von irgendwo in meinem Hinterkopf wuchs ein Gefühl heran. Es durchflutete meinen Körper mit Wärme und strahlte durch meine Brust nach außen.

Klaris umarmte mich.

Sie wusste, dass ich meine Mutter vermisste, und sie versuchte mich zu trösten, und das fühlte sich gut an.

Dann war es vorbei und ich bemerkte, dass Floh ins Zimmer gekommen war und neben mir saß.

»Willst du heute Nachmittag die Zwillinge befragen?«

Und dieses Mal wurde mir bei dem Gedanken daran *nicht* ganz anders, stattdessen antwortete ich einfach: »Ja klar, packen wir's an.«

Wie eine leidende Katze

Etwa eine Stunde später lag ich ausgestreckt auf unserem Sofa, als es an der Tür klopfte. Ich öffnete und Mrs Cliff stand da, einen kleinen Jungen unter jeden Arm geklemmt.

Ich beugte mich zu ihnen vor. »Hi Wills, hi Egg. Grrr!«

Verschmierte orange-schwarze Tigerstreifen bedeckten die Gesichter der Zwillinge. Sie hatten nasse Haare und trugen große, weiße T-Shirts mit der Aufschrift: *Wir haben den Kirchturm gerettet.*

»Wir waren auf dem Sommerfest der Kirche«, erklärte ihre Mutter. »Und diese beiden Irren haben sich freiwillig mit Schwämmen bewerfen lassen.«

»Sie hatten Glück, dass die Farbe nicht abgegangen ist«, sagte ich.

Eine seltsame Stimme kam von einem der orangefarbenen Gesichter. »Keine Farbe. Bin ein echter Tiger.« Er jaulte wie eine leidende Katze und kratzte mich am Arm. Ich versuchte keine Miene zu verziehen, aber Mrs Cliff sah die vier tiefroten Kratzer, die seine Nägel hinterlassen hatten.

»Wills, Egg, wer immer es war, entschuldigt euch sofort dafür!«

Die Jungs entschuldigten sich im Chor, als wären sie es beide gewesen. Ihre Mum schien kurz davor zu sein, sie zu packen und wieder nach Hause zu zerren. Zu meinem Unglück tat sie es nicht.

»Joseph, wenn du nichts dagegen hast, würde ich die Zwillinge gerne für eine halbe Stunde bei dir lassen. Ich, äh, ich erwarte in ein paar Minuten zu Hause einen wichtigen Anruf von der Arbeit.« Sie betrachtete ihre jüngsten Söhne, die wie zwei diebische Elstern den Raum in Augenschein nahmen. »Seid brav, ihr zwei«, sagte sie, drehte sich um und ging schnell davon.

Jetzt, da ihre Mum weg war, musste ich so schnell wie möglich die Kontrolle übernehmen, das war klar. »Okay, Jungs.«

»Tiger.«

»'tschuldigung, Tiger. Hat Floh erzählt, dass ich euch ein paar Fragen stellen muss?«

Sie schüttelten den Kopf von links nach rechts. Sollte Synchronlügen jemals als olympische Disziplin eingeführt werden, wären sie die klaren Favoriten für die Goldmedaille.

»Kommt und setzt euch her, damit wir uns unterhalten können.« Sie drehten beide den Kopf zu mir und kamen dann langsam zum Tisch herüber, auf den ich Dads alten Gettoblaster gestellt hatte. Ich drückte auf ›Aufnahme‹.

JR: Also, Wills und Egg, wir machen uns ein bisschen Sorgen um Klaris. Und, na ja, ich dachte, wir könnten vielleicht über sie reden?

Zwilling 1: Was ist das alles?

JR: Das sind Schlüssel.

Zwilling 2: Warum sind die da drin?

JR: Wir bewahren alle unsere Schlüssel in dieser Schale auf, damit wir sie nicht verlieren.

Zwilling 1: Oh.

JR: Also, bei euch im Haus sind ein paar Sachen passiert und wir haben uns gefragt …

Zwilling 2: Wofür ist der hier?

JR: Ich glaube, das ist der Ersatzschlüssel für das Auto von meinem Dad. Okay, wenn wir schon beim Thema Auto sind. Ich habe gehört, jemand hat das Licht angelassen in …

Zwilling 2: Können wir den behalten?

JR: Nein, tut mir leid, mein Dad braucht ihn noch.

Zwilling 1: Und wofür ist der da?

JR: Der ist für mein Fahrradschloss. He, wo ist der Auto-schlüssel hin? Kommt schon, mein Dad kriegt einen Anfall, wenn ich seinen Ersatzschlüssel verliere.

Zwilling 2: Was ist mit dem ganz kleinen hier? Den braucht er bestimmt nicht, der ist viel zu klein.

JR: Doch, den braucht er. Der ist für das Vorhängeschloss vom Boot. Er brauchte sie alle. Deshalb legen wir sie am besten alle wieder zurück. Gib mir bitte die Schale. O nein, jetzt sind sie alle auf dem Boden gelandet.

Zwilling 1: Bitte schön.

JR: Danke. Sind das alle?

Zwilling 2: Ja, fast.

JR: Was ist mit dem da? Kann ich ihn bitte zurückhaben?

Zwilling 1: Nein!

JR: Mach das nicht, das ist gefährlich!

Zwilling 1: Zu spät.

Zwilling 2: Mmm, Tigerfutter.

JR: O mein Gott! He, kommt sofort zurück! Kommt
zurück! O nein!

Weingummischlangen

Ich hatte noch nie im Leben jemanden so etwas tun sehen. Ich kann nicht mal eine kleine Tablette schlucken, ohne zu würgen. Aber Wills oder Egg – sogar ihre Mutter konnte sie mit der Schminke im Gesicht nicht auseinanderhalten – hatte sich gerade einen Schlüssel in den Mund gesteckt und ihn verschwinden lassen. Ich versuchte mir einzureden, dass er ihn unter seiner Zunge oder in seiner Tasche versteckt hatte, doch während ich mit rasendem Herzen hinüber zum Haus der Cliffs rannte, wusste ich, dass ich mir nur etwas vormachte. An den Schlüssel konnte man jetzt nur noch mit Hilfe spezieller medizinischer Instrumente herankommen, dessen war ich mir völlig sicher.

Ich stürmte durch die Hintertür und rannte, immer zwei Stufen auf einmal nehmend, die mit abgewetztem Teppich belegte Treppe nach oben ins Arbeitszimmer, aber da war niemand.

»Mrs Cliff! Mrs Cliff!« Ich hastete wieder nach unten und sah in der Küche, dem Wohnzimmer, dem Esszimmer und der Waschküche nach. Das Haus schien menschenleer.

Ich wollte gerade wieder die Treppe hoch, als ich hörte, wie die Tür zum Badezimmer aufgeschlossen wurde, und mich gleich darauf eine Woge aus Dampf und Lavendelduft traf. Ich fühlte mich in die Zeit zurückversetzt, als ich acht oder neun war. Wenn Mum sich gestresst fühlte, pflückte sie in unserem Garten immer frischen Lavendel und legte ihn in ihr Badewasser. Dad wurde dann jedes Mal nervös und erklärte mir, dass sich Mum nicht wohlfühle und ich sie eine Weile in Ruhe lassen sollte.

»Oh, Joseph, mein, äh, mein Anruf wurde abgesagt und ich, äh …« Ich blickte an Mrs Cliff vorbei und sah auf dem nassen Boden eine Zeitschrift und die immer noch qualmenden Überreste einer ausgedrückten Zigarette in einem silbernen Aschenbecher.

Sie wickelte den Gürtel ihres weißen Frotteebademantels um ihre Taille und verknotete ihn locker. »Ist alles in Ordnung?«

Ich rannte wieder nach unten und schrie: »Er hat einen Schlüssel verschluckt! Einer der Zwillinge hat einen Schlüssel verschluckt!«

Sie schlurfte in ihren Hausschuhen hinter mir her. »O dieser dumme Junge! Welcher war es?«

»Keine Ahnung. Ich konnte sie nicht auseinanderhalten.«

»Wo sind sie jetzt?«

»Hier, glaube ich. Sie sind hier rübergerannt.«

Sie erreichte den Flur.

»Wills! Egg! Wo seid ihr? Das ist wichtig.«

Schweigen.

Sie bemühte sich einen sanfteren Ton anzuschlagen. »Ihr steckt nicht in Schwierigkeiten, ich muss einfach nur mit euch reden.« Wir wussten beide, dass sie nie darauf reinfallen würden. Sie wechselte noch einmal die Taktik und rief nach Verstärkung. »Rocky! Po! Wir brauchen eure Hilfe!«

Die Wohnzimmertür öffnete sich und Rocky tauchte auf, die Augen weit aufgerissen und starr von zu viel Fernsehen. »He, Joseph, was ist los?« Zumindest war er über unseren Streit von vorhin hinweg.

Ich überließ Mrs Cliff das Reden. »Hilf uns die Zwillinge zu finden. Einer von ihnen hat etwas Dummes angestellt.«

Rocky grinste. »Ach, das ist ja mal was ganz Neues.«

»Ja, aber diesmal ist es was Dummes *und* was Gefährliches. Komm also raus und hilf uns sie zu suchen.«

»Was ist los?« Po stand oben auf dem Treppenabsatz.

Ich erklärte es ihr. »Es ist Wills. Oder Egg. Einer von beiden jedenfalls hat einen Schlüssel verschluckt.«

»Welchen Schlüssel?«

»Den Schlüssel für das Vorhängeschloss vom Boot meines Dads, glaube ich.«

Rocky grinste. »Siehst du, Po, du hättest dir keine Sorgen zu machen brauchen. Es war nicht der Schlüssel zu seinem Herzen.«

Po schleuderte ein dickes Taschenbuch, das neben ihren Füßen gelegen hatte, nach unten und traf Rocky am Hinterkopf.

Offenbar hatte Mrs Cliff endgültig genug, denn sie schlug jetzt ihren Lehrerinnenton an. »Wenn-ihr-damit-fertig-seid-herumzublödeln-wärt-ihr-dann-so-nett-mir-zu-helfen-die-Zwillinge-ausfindig-zu-machen?«

»Was bedeutet ausfindig machen?«, fragte eine kleine Stimme

direkt hinter mir. Eggs Gesicht war fast ganz sauber und er trug wieder abgeschnittene Shorts und ein altes grünes T-Shirt.

Seine Mutter packte ihn bei den Schultern. »O mein Gott, da seid ihr ja. Wer von euch beiden hat den Schlüssel verschluckt? Warst du es?«

Er drehte sich um und blickte in die Dunkelheit der Küche, wo Wills stand, noch immer in all seiner Tigerstreifenpracht und mit einer Packung Weingummischlangen in der Hand. Ich tastete in meiner Hosentasche nach den Süßigkeiten, die ich gekauft hatte, um die Zwillinge zu bestechen.

Sie waren verschwunden.

Mrs Cliff ging weg, um ihren Mann anzurufen, und kam mit schlechten Neuigkeiten zurück.

»Ich muss ihn sofort zu einer Ultraschalluntersuchung ins Krankenhaus bringen. Er müsste ihn zwar, äh, auf natürliche Weise ausscheiden, aber das könnte ein paar Tage dauern und sie werden ihn wahrscheinlich zur Beobachtung behalten, bis er wieder auftaucht.«

Po und Rocky schnitten Würgegrimassen und lachten, schauten jedoch gar nicht mehr so glücklich, als Mrs Cliff hinzufügte: »Ihr zwei müsst babysitten. Euer Vater hat heute Abend bis spät Sprechstunde und wird nicht vor acht zurück sein. Es könnte ein paar Tage dauern, bis ich wieder zu Hause bin. Ihr müsst also auf Floh und Egg aufpassen, während euer Dad arbeitet.«

Rocky stöhnte: »Das ist Kinderausbeutung.« Aber wir ignorierten ihn alle.

»Ich kann auch helfen«, sagte ich. »Und mein Dad ist die meiste Zeit zu Hause.«

Mrs Cliff wirkte erleichtert. »Das ist sehr nett von dir, Joseph. Aber du hast bestimmt anderes zu tun.«

»Ist schon in Ordnung. Ich muss sowieso ein bisschen Zeit mit Egg verbringen. Wie wär's, wenn ich heute Nachmittag einen Spaziergang mit ihm mache?« Ich drehte mich zu Egg. »Dann können wir uns mal richtig unterhalten, hm?«

Seine Miene war undurchdringlich, doch ich konnte Angst hinter der Maske spüren. Endlich befand ich mich wenigstens einem der Zwillinge gegenüber in einer Machtposition.

»Das ist sehr nett von dir, Joseph. Findest du nicht, Egg?«, sagte seine Mutter. Egg beachtete sie nicht. »Und wenn ihr schon spazieren geht, könntet ihr dann vielleicht auch die Hunde mitnehmen? Hier«, sie reichte mir ein Bündel kleiner, schwarzer Plastiktüten. »Die wirst du brauchen.«

»Äh, ja, okay.«

Annie und Henry hatten sich lautlos zu uns gesellt und lauerten wie ölige schwarze Schatten im Hintergrund. Würde ich mich jemals mit Hunden anfreunden? Das bezweifelte ich schwer. Es war mir unbegreiflich, warum man sie den besten Freund des Menschen nannte. Wenn ich einen besten Freund hätte, der von mir erwartet, dass ich seine Kacke aufhebe, wäre es bald vorbei mit der Freundschaft.

»Komm, Egg«, sagte ich. »Ruf die Hunde, auf dich werden sie hören.«

Wie Öl auf einer Pfütze

Wir folgten dem Pfad, der die Felder hinter den Häusern säumte. Das Getreide reichte Egg bis zu den Schultern und die dicken Stängel neigten sich zu uns und kratzten uns beim Vorbeigehen. Schon bald würde man es mähen und die spitzen Stoppel unterpflügen.

Früher brannte man sie ab und Dad hatte mir erzählt, dass die Kaninchen und Feldmäuse dann kreuz und quer aus den Flammen geschossen kamen und wie verrückt herumrannten. Vermutlich fühlte sich Egg gerade genau wie diese Kaninchen und Mäuse, und er tat mir leid. Ich steckte die Hand in meine Tasche, da mir für einen Augenblick entfallen war, dass er mir die Süßigkeiten bereits geklaut hatte. Als ich die Leere darin spürte, war es mit meinem Mitgefühl schnell vorbei.

»Also, Egg. Warum wolltet ihr zwei nicht mit mir über Klaris reden?« Er antwortete nicht. Selbst seine Augen verrieten nichts.

Ich fuhr fort. »Sie geben Klaris die Schuld für eine Menge Sachen und wollen sie auslöschen.«

Keine Reaktion.

»Floh ist total fertig, weißt du. Und ich helfe ihm herauszufinden, was wirklich passiert ist.« Ich blieb stehen und beugte mich zu ihm. »Wir haben uns gefragt, ob ihr vielleicht irgendwas wisst, das uns helfen könnte sie vor der Kappung zu retten.«

Ich schaute ihm einen Moment lang fest in die Augen, bis sein Blick zu zwei Gestalten wanderte, die sich uns durch das Feld näherten. Das Getreide schien sich vor ihnen zu verbeugen, während sie auf uns zumarschierten, und ich hörte ein leises Knurren, das immer lauter wurde.

»Tyler und Ethan Jones.« Ich murmelte ihre Namen leise vor mich hin. »Was wollen die jetzt schon wieder?«

Annie reagierte als Erste. Sie stand steif da und ihr Nackenfell stellte sich auf wie ein Iro, was sie zusammen mit dem herunterhängenden Bauch riesig erscheinen ließ. Dann bekam auch Henry mit, was los war, und fing an zu knurren, wurde aber von Diggers plötzlichem wilden, schrillen Bellen übertönt. Eggs Stimme war nur ein Piepsen: »Er wird uns beißen! Renn!«

Doch ich würde nirgendwohin rennen. Flohs Demütigung war mir noch ganz frisch in Erinnerung und ich würde nicht noch einmal einfach weglaufen.

Als Digger schließlich durchs Getreide brach, blieb er ein paar Meter von den Labradoren entfernt stehen und wägte knurrend seine Chancen gegen zwei Hunde ab, die größer waren als er. Die Sekunden zogen sich in die Länge und ich dachte, er würde kehrtmachen und wegrennen, doch plötzlich, als hätte jemand eine unsichtbare Flagge gesenkt, stürzten sich die drei Hunde aufeinander und verschmolzen sofort zu einem staubigen Wirbel aus Zähnen, Beinen und Schwänzen.

Unter Knurren und Bellen und begleitet von unseren verängstigten Schreien verbissen sich die Hunde immer und immer wieder ineinander und schon nach kurzer Zeit war Diggers goldbraunes Fell von schaumigem, blutigem Speichel überzogen.

Schließlich kam Ethan tatsächlich auf eine gute Idee. Er packte seinen großen Bruder und rannte zurück in das Getreidefeld. Ich dachte, sie wollten uns mit den kämpfenden Hunden allein lassen, aber dann hob Digger den Blick, und als er sah, dass sich die Jungs aus dem Staub machten, folgte er ihnen widerwillig. Henry rannte ihm ein kurzes Stück hinterher, um ihn auch wirklich auf den Weg zu schicken, kehrte jedoch schon bald wieder um und humpelte zurück.

Annie lag keuchend auf der Seite und er stupste sie sanft an. Sie rappelte sich hoch, plumpste dann erneut auf den Boden und leckte ihre Wunden.

Ich ging zu ihr und streichelte ihr den Kopf. »Ich habe eure Hunde noch nie so etwas machen sehen«, sagte ich zu Egg.

»Sie haben gewusst, dass wir in Gefahr sind«, antwortete er. »Sie haben uns nur beschützt.«

Es war ein Wunder – der Kampf hatte Egg so erschüttert, dass er anfing mit mir zu reden. Wir fühlten uns wie ein richtiges Team, als wir neben Annie und Henry hinknieten, während ihr Hecheln langsamer wurde und sie das Blut von ihrem Fell leckten.

»Wir hatten wohl Glück, Egg. Die Hunde scheinen nicht ernstlich verletzt zu sein.« Ich streichelte Annie noch einmal sanft den Kopf. »Hat man dir nie gesagt, dass sich eine Dame in deinem Zustand nicht rauft?« Sie leckte meine Hand ab und zum ersten Mal war ich davon nicht angewidert. Im Gegenteil, ich fühlte mich sogar irgendwie geehrt.

Ich wollte zum Haus zurück, aber die Hunde rappelten sich auf und trotteten weiter, als wäre nichts gewesen. Henry blieb ab und zu stehen, um an Grasbüscheln zu schnuppern und das Bein zu heben, und Annie spazierte mit schwingendem Bauch hinter ihm her.

»Sollen wir eine Runde um die Insel drehen und dann zurückgehen?« Egg nickte. »Schade, dass wir nichts für die Enten dabeihaben.«

Er steckte die Hand in die Hosentasche und zog eine Tüte von Rockys Chips heraus.

»Ich wusste gar nicht, dass Enten gerne Chips fressen«, sagte ich. »Na ja, sie können wohl nicht zu wählerisch sein.«

An dem Tag waren nur zwei Enten auf dem Wasser: ein Stockenten-Paar. Das Weibchen sah aus wie eine alte Bauersfrau in einem braunen Tweedkleid und der smaragdgrüne Hals des Männchens schimmerte wie Öl auf einer Pfütze.

»Sind sie nicht wunderschön, Egg? Siehst du die hübsche Ente mit den strahlenden Farben? Das ist das Männchen.« Er lächelte. Die Geschlechterpolitik in Sachen Farben hatte keine große Bedeutung für ihn. Die Zwillinge waren mit Pos aussortierten pinkfarbenen Teilen genauso glücklich wie mit Rockys alten Action-Man-Khakihosen.

»Die zwei sind Partner. Das ist, als wären sie verheiratet. Sie werden ihr ganzes Leben zusammenbleiben.«

Er blickte hinüber zur Insel. »Wann kommt Wills zurück?«

Ich konnte ein Grinsen nicht unterdrücken. »Sobald der Schlüssel wieder auftaucht. Ist es ein komisches Gefühl, wenn er nicht da ist?«

Egg nickte.

»Hast du gewusst, dass, wenn eine von diesen beiden Enten verschwindet, die andere überall umherzieht, um sie zu finden? Und sie wird die Suche nie, nie aufgeben.«

»Das ist traurig.«

»Ja.«

»Egg, genauso wird sich Floh fühlen, wenn sie Klaris auslöschen.«

»Wir wollen, dass sie verschwindet.« Er verteilte die Chips am Rand des Wassers und die Enten löffelten sie mit ihren plastikartigen Schnäbeln auf wie Croûtons. »Floh hat sie sich nur geholt, damit er auch jemand ganz Besonderen hat.«

»Jemand Besonderen? Meinst du, wie du und Wills?«

»Ja, und Rocky und du, und Po und ihre Freundin Emily aus der Schule. Floh hatte niemanden und deshalb hat er sich jemanden vorgestellt. Aber sie ist nur eine unsichtbare Freundin. Und wir mögen Unsichtbare nicht.«

»Aber wäre es nicht traurig, wenn Floh seine Freundin verliert?«

Er zuckte mit den Achseln.

»Egg, warum mögt ihr Klaris nicht, du und Wills?«

»Sie ist gemein. Wegen ihr hat Floh uns verraten, als wir Sachen gemacht haben.«

»Was für Sachen?«

»Wir haben einmal einen Zaubertrank gemacht und in Rockys Colaflasche getan, und Klaris hat Floh überredet es Mum zu erzählen.«

Ich lächelte. Die Gebräue der Zwillinge waren legendär. »Und was war in dem Zaubertrank?«

»Pflanzendünger und Parasitenmolch.«

»Was ist das denn für ein Tier?«

»Nein, die Kopfschmerztabletten, die Mum immer nimmt, wenn sie uns angeschrien hat.«

»Ah, du meinst Paracetamol. Hat er es getrunken?«

»Nur einen kleinen Schluck.«

»Und was ist dann passiert?«

»Er fand's lecker. Aber Mum hat gesagt, dass es gefährlich ist, und hat Dad angeschrien, weil er kein Schloss am Arznei-schrank hat. Und dann hat Dad Mum angeschrien und uns ge-schimpft und dann haben sie nur noch miteinander gestritten.«

Egg schüttelte den letzten Rest Chips aus der Tüte.

»Wenn ich Wills verlieren würde, würde ich durch die ganze Welt, das ganze Universum, alles, was es gibt, ziehen, bis ich ihn wiederfinde.«

»Ich hoffe, dass du das nie musst, Egg«, erwiderte ich. »Jemanden zu verlieren, den man lieb hat, ist nicht sehr lustig.«

Donnerstag

In deinem Alter

Wir hatten nur noch einen Tag und ich machte mir langsam ernsthaft Sorgen. Wir mussten Dr. Cliff so schnell wie möglich die Beweise vorlegen, damit er den Termin mit ABUP absagen konnte. Aber wir waren einfach noch nicht so weit.

In Filmen zuckt der Kiefermuskel des Helden immer nervös, wenn er Angst hat. Ich bekam aus Nervosität Durchfall und Schweißausbrüche. Selbst nachts hatte ich keine Ruhe. Meine Träume waren von Männern in weißen Kitteln bevölkert, die mich mit Schwimmkappen und Zwölf-Volt-Batterien jagten.

Ich wollte Dad davon erzählen, doch dafür war es mittlerweile zu spät. Was sollte das jetzt noch bringen? Er würde nur durchdrehen. Wenn irgendetwas schieflief, würde er es so oder so erfahren. Sie konnten mich wohl kaum ohne seine Erlaubnis kappen.

Außerdem hatte er eigene Sorgen.

»Joseph, sag mir ganz ehrlich: Bin ich zu alt für dieses Hemd?«

»Ich glaub nicht, nee.«

»Was passt besser dazu: Turnschuhe oder feine Schuhe?«

»Ganz wie du magst, Dad, beides sieht gut aus.«

»Soll ich mich rasieren, kurz bevor ich gehe, und das Risiko eingehen, dass ich mich schneide? Oder soll ich mich morgens rasieren und es mit dem verwegenen Fünf-Uhr-Schatten versuchen?«

»Äh, wie wär's mit Mittag?«

»Glaubst du, sie will danach noch tanzen gehen?«

»Ja, auf jeden Fall.«

Das ist das Problem, wenn man nicht richtig zuhört.

Er ließ sich auf den Stuhl sacken und seine Gesichtszüge schienen einen ganzen Zentimeter nach unten zu rutschen.

»Echt? Vielleicht sollte ich ihr lieber eine SMS schreiben und die ganze Sache absagen.«

Ich dachte kurz darüber nach. Wollte ich, dass er seine Verabredung absagte? Ja, vermutlich schon. Ich wollte nicht, dass Dad »einen neuen Lebensabschnitt« anfing, wie er es ausdrückte. Ich wollte den alten Lebensabschnitt zurück und dass Mum und Dad und ich glücklich bis ans Ende unserer Tage zusammenlebten.

Aber jetzt, da sich ABUP angemeldet hatte, wollte ich Dad gern aus dem Weg haben.

»Warum willst du denn absagen?«

»Ach, ich geh einfach nicht gern tanzen. Wenn ich still dastehe, kriege ich es gerade so hin, nicht wie ein kompletter Vollidiot auszusehen. Aber sobald ich anfange mich zu bewegen, ist es vorbei. Ich bleibe lieber zu Hause bei dir und vermeide das Risiko einer totalen Blamage.«

Zeit für ein bisschen umgekehrte Psychologie.

»Ja, ich glaube, du hast Recht, Dad. Es ist viel besser für dich, wenn du hierbleibst. Ist nicht bös gemeint, aber du bist einfach eher der häusliche Typ. Aber das ist ja nicht schlimm, oder? Nicht jeder ist für ein aufregendes Leben gemacht, sonst wären alle Klubs ständig voll und es müssten noch mehr Trauben angebaut werden, um den zusätzlichen Champagnerbedarf abzudecken. Und es müssten auch noch massig mehr Privatjets gebaut werden, was schlecht für die Umwelt wäre und so.«

Er sah auf. »Willst du damit sagen, dass ich ein langweiliges Leben führen soll, um die Umwelt zu schonen? Joseph, ich weiß ja nicht, was du mir da unterstellen willst. Auch wenn ich bei der letzten Wahl Grün gewählt habe, weiß ich immer noch, wie man sich richtig amüsiert.«

Ich lächelte. »Natürlich sage ich nicht, dass du ein langweiliges Leben führen sollst. Ich mein nur, dass du es in deinem Alter vielleicht nicht mehr übertreiben solltest.«

»Joseph, ich bin vierundvierzig, nicht vierundachtzig! Ich hab mehr Durchhaltevermögen als die meisten Zwanzigjährigen. Komm, lass uns im Garten ein wenig kicken. Dann zeig ich dir, wer hier zum alten Eisen gehört!«

Er marschierte zum Schrank unter der Treppe und ich hörte, wie er mit dem Staubsauger kämpfte und Rollerblades und Fußballschuhe hinter sich warf, um sich einen Weg zum Ball frei zu schaufeln. Dann war ein dumpfer Knall zu hören, als er sich den Kopf an der Unterseite der Treppe stieß, gefolgt von ziemlich lautem Fluchen, das alles andere als jugendfrei war. Schließlich kam er mit einem platten Ball in der Hand aus dem Schrank und rieb sich den Kopf.

Er warf ihn mir zu. »Hier, geh damit rüber und leih dir eine Luftpumpe aus, okay? Und ich bereite ein Picknick und Limo und Kekse für danach vor. Also, wo ist der Picknickkorb? Den hab ich schon seit Ewigkeiten nicht mehr gesehen. Und die Picknickdecke auch nicht. Hast du sie mit rüber zu den Cliffs genommen und dort gelassen?«

»Nö.«

»Bist du sicher? Das ist komisch. Wo könnte ich sie sonst hingeräumt haben?« Er steckte den Kopf wieder in den Schrank. »Sie müssen irgendwo da hinten drin sein.«

»Weißt du was, Dad, ich würde lieber was anderes machen.«

Er zog den Kopf heraus und schaute enttäuscht. »Warum? Du spielst doch gern Fußball. Wir könnten die anderen rüberholen, ein richtiges Spiel draus machen.«

»Ja. Ein andermal vielleicht, nur nicht heute. Ich möchte lieber drinbleiben.« Ich warf den Ball zurück in die Dunkelheit des Schranks.

»Okay. In Ordnung. Du willst deine Kräfte wohl für den Schulanfang schonen.«

»Ja, das ist es wahrscheinlich.«

»Du hilfst doch Floh, stimmt's?« Er fing an die Schuhe zurück in den Schrank zu stecken. »Ich wollte dich schon die ganze Zeit fragen, wie es läuft.«

»Ganz okay.«

»Weißt du, ich hab mal darüber nachgedacht. Es ist wirklich merkwürdig, dass Dr. Cliff es so auf Klaris abgesehen hat, wo er doch selber einen hatte.«

Ich erstarrte. »Dr. Cliff hatte mal einen unsichtbaren Freund? Bist du sicher?«

»Ja. Er hat mir mal an Weihnachten nach zu vielen Sherrys von ihm erzählt. Warte mal, wie war das noch? Howard, Horace? So oder ähnlich hat er ihn genannt, da bin ich mir sicher. Er schien ihn sehr zu mögen. Hat sogar feuchte Augen bekommen, als er von ihm erzählt hat.

Das S-Wort

Im Haus nebenan lief ich Po über den Weg.

»Rocky ist in seinem Zimmer«, sagte sie.

»Eigentlich wollte ich mit deinem Dad sprechen. Ist er hier?«

Sie machte wieder diese Augenbrauenbewegung.

»Ja, er arbeitet heute von zu Hause. Aber sei vorsichtig, er ist noch schlechter gelaunt als sonst. Anscheinend hat jemand sein Diktafon genommen. Das steht jetzt wahrscheinlich auch auf der Klaris-Liste.«

»Hast du ihm nicht erzählt, dass du es kaputt gemacht hast?«

Sie lachte. »Bin ich bescheuert?«

Ich ging nach oben, wo er gerade seine Telefonsprechstunde abhielt. Durch die schwere Arbeitszimmertür hindurch konnte ich seine donnernde Stimme hören.

»Ja … Ja … Hmm … Ja, ich glaube, das wäre erst einmal die beste Vorgehensweise. Alles klar, auf Wiederhören.«

Arzt zu sein klang ziemlich einfach.

Ich klopfte und hörte ein übel gelauntes »Was?«. Als ich eintrat, wurde seine Stimme sanfter. Er rückte seine Brille zurecht und schob sein dünnes graues Babyhaar über seine pinkfarbene Halbglatze.

»Joseph? Was kann ich für dich tun? Suchst du Rocky? Ich habe ihn mit Henry rausgeschickt.« Er senkte den Blick auf Annie, die offenbar auf seinen Füßen schlief. »Sie ist momentan zu müde und zu dick, um noch viel zu tun, die Arme.«

Ich fragte mich, ob er wusste, dass sie sich am Vortag mit einem Bullterrier gebalgt hatte, beschloss aber es nicht zu erwähnen.

»Eigentlich wollte ich mit Ihnen sprechen.«

»Ah, verstehe.« Er lehnte sich in seinem knarrenden braunen Ledersessel zurück und verschränkte die Hände hinter dem Kopf. »Hast wohl das Merkblatt gelesen, das ich dir gegeben habe, hmm?«

»Ja.«

»Ausgezeichnet, mein Junge. Dann nehme ich an, dass du eine Frage hast. Schieß los. Du kannst mich alles fragen, was du willst.«

»Ja, ich habe eine Frage. Es geht um … Also, es geht um *Ihren* unsichtbaren Freund. Den, den Sie hatten, als Sie jung waren.«

Er setzte sich mit einem Ruck auf. »Mein unsichtbarer Freund? Also, also …« Er leckte sich die Lippen. »Das hat ja wohl überhaupt nichts mit der vorliegenden Situation zu tun.«

»Ich hab mich nur gefragt, wie Sie das Klaris antun können, wenn Sie doch selbst einen unsichtbaren Freund hatten.«

Seine schlaffen Wangen liefen rot an und schwabbelten, als er mit der Faust auf den Tisch schlug. »Das ist doch genau der Grund, warum ich das tue. Denn ich weiß aus Erfahrung, was für einen Schaden sie anrichten können.«

»Das verstehe ich nicht.«

»Nein, natürlich nicht. Wie könntest du auch? Du hast es nicht erlebt. Nun, ich bin sehr beschäftigt, wenn es dir also nichts ausmacht …«

Ich ließ mich nicht so einfach abwimmeln. »Können Sie es mir nicht erklären, damit ich es verstehe? Wie hieß er?«

Dr. Cliff seufzte und blickte durch das Fenster hinter mir. »Horatio.« Bei der Erinnerung an ihn lächelte er ein wenig. »Ich kann mich noch so gut an ihn erinnern. Er ist zu mir gekommen, als mein Bruder mit der Schule angefangen hat.« Er sah mich direkt an. »Ich hab damals wohl zu viel alleine gespielt. Aber damals wussten sie es einfach nicht besser. Das waren andere Zeiten. Unschuldige Zeiten. Wir kannten die Gefahren nicht. Wussten nicht, worauf wir achten mussten. Nach Shorefield hat sich das natürlich alles geändert.«

Shorefield. Das S-Wort. Sobald man es aussprach, war alles erlaubt. Sogar das Gehirn eines Kindes zu verbrutzeln.

Dr. Cliff blickte wieder aus dem Fenster, und als er sprach, war seine Stimme heiser.

»Und jetzt geht alles wieder von vorne los.«

»Nein, tut es nicht. Klaris ist bloß eine normale, langweilige unsichtbare Freundin. Sie hat nichts Schlimmes gemacht.«

Er schnaubte. »Den Schaden, den ein bösartiger Unsichtbarer einer Familie zufügt, kann man erst sehen, wenn es zu spät ist. Meine Eltern haben es bestimmt nicht kommen sehen. Damals dachten sie auch, er wäre bloß ein nützlicher Spielgefährte für ein einsames Kind. Und das war er auch eine Zeit lang. Eigentlich sogar der beste Freund, den ich je hatte. Aber dann …« Er nahm seine Brille ab und rieb sich die blutunterlaufenen Augen. »Dann hat uns meine Mutter eines Tages verlassen und mein Vater hat wieder geheiratet und mich ins Internat geschickt. Ich war erst sieben Jahre alt. Genauso alt wie Floh jetzt.« Er setzte die Brille wieder auf. »Ich werde auf keinen Fall das Risiko eingehen, dass dieser Familie dasselbe zustößt.«

»Aber viele Eltern trennen sich. Dafür kann man doch nicht seinem unsichtbaren Freund die Schuld in die Schuhe schieben.«

Er funkelte mich böse an und fauchte beinahe: »Meine Mutter hat mich geliebt. Sie hat uns alle geliebt. Sie hätte uns nie verlassen, wenn sie nicht jemand oder etwas dazu gebracht hätte.«

Er nahm ein zerknittertes Taschentuch aus seiner Hosentasche und putzte sich die Nase.

»Dr. Cliff, wir sind hier nicht in Shorefield. Und Klaris ist nicht Horatio. Sie ist unschuldig und wir sammeln Beweise, um es zu belegen. Wir haben bereits eine Menge gefunden. Bleiben Sie hier, ich hol schnell meine Notizen. Und dann sagen Sie bitte den Termin mit ABUP ab, ja? Sie könnten denen erklären, dass Sie Ihre Meinung geändert oder einen Fehler gemacht haben. Oder dass wir Ihnen einen Streich gespielt haben.«

Er sah auf das Foto in dem Silberrahmen auf seinem Schreibtisch. Es war Mrs Cliff in einem langen weißen Hochzeitskleid, sie lachte und hatte Konfetti in ihrem dunklen Haar. Neben ihr stand ein hochgewachsener, dünner Mann mit blonden Locken, die unter einem Zylinder hervorschauten, und mit einem riesigen Grinsen im Gesicht, das an Rockys erinnerte. Mir ging erst nach einer Weile auf, dass das Dr. Cliff war, vor etwa einer Million Jahren.

Als er sprach, klang seine Stimme wieder forsch und sachlich. »Tut mir leid, Joseph, aber das kann ich nicht tun. Wir müssen den amtlichen Empfehlungen folgen. Eine potenziell bösartige Unsichtbare muss gemeldet und wenn nötig entfernt werden, bevor sie echten Schaden anrichten kann.«

»Aber Sie täuschen sich in ihr! Und wir können es beweisen!«

Er schüttelte den Kopf.

»Und was ist mit mir und Floh? *Wollen* Sie, dass wir gekappt werden?«

»Was ich will, spielt keine Rolle, Joseph. Das habe ich nicht mehr in der Hand. Ganz gleich was ich jetzt noch sage, ABUP wird morgen jemanden hierherschicken, der die nötigen diagnostischen Tests durchführt, das Beweismaterial beurteilt, einwandfrei nachweist, ob Klaris eine Gefahr darstellt oder nicht, und entscheidet, was als Nächstes zu tun ist.« Er versuchte mich mit seinem beruhigenden Arztlächeln zu beschwichtigen. »Du brauchst dir darüber aber keine Sorgen zu machen, das sind hochqualifizierte Fachleute, die keinen medizinischen Eingriff durchführen werden, wenn es nicht absolut notwendig ist.«

Ich stand auf, um zu gehen. Als ich die Tür erreichte, sprach er noch einmal.

»Ich wäre dir dankbar, wenn du Floh nichts von dem erzählst, was wir gerade besprochen haben. Ich tue, was das Beste für uns alle ist«, sagte er. »Wenn es vorbei ist, wirst du mir dafür danken, du wirst schon sehen.«

Das Herz bricht

Mein Dad saß auf der Hintertreppe, den Inhalt des Schuhputz-kastens um sich herum verstreut.

»Hier.« Er warf mir die weiß deckende Schuhcreme zu. »Du kannst dich um deine Turnschuhe kümmern. Sie sind zwar ein bisschen alt, aber immer noch groß genug, und es sollte nicht allzu schwer sein, sie wieder halbwegs neu aussehen zu lassen. Deine Schulschuhe habe ich schon geputzt.«

»Die hättest du doch nicht zu putzen brauchen. Sie sind neu.«

»Also da liegst du falsch, Joseph. Schuhe sind oft durstig, wenn man sie neu kauft.«

»Durstig?«

»Also, nicht buchstäblich, natürlich. Aber man muss sie gut mit Schuhcreme bearbeiten, damit das Leder nicht gleich beim ersten Regen Risse bekommt. Vergiss nicht, der Sommer ist fast vorbei. Du wirst schon bald wieder im Regen zur Schule laufen.«

»Das kann man sich im Moment kaum vorstellen, oder?«, sagte ich. »Weißt du noch, als es letztes Jahr geschneit hat? Wir hatten so viele Schichten an, plus Mütze und Handschuhe, und uns war trotzdem immer noch so kalt, dass es wehgetan hat.«

»Und jetzt sitzen wir hier und schwitzen in kurzen Hosen. Wir sollten das gute Wetter also nutzen, weil es schon bald umschlagen wird.«

Der Gedanke kam mir, als ich ein wenig weiße Schuhcreme auf die verschrammte Spitze meiner Turnschuhe drückte. Ich hob aufgeregt den Blick. »Nicht wenn wir nach Spanien fahren, Dad. Da ist es immer warm.«

»Das kommt drauf an, in welchem Teil des Landes man ist. Der Norden ist im Winter ziemlich kalt. Man kann dort sogar Ski fahren, weißt du, oben in den Bergen.«

»Können wir bitte einfach hin, Dad? Ich hab noch eine Woche Ferien. Wir könnten einen billigen Flug buchen und noch heute Abend fliegen. Wir könnten versuchen Mum zu finden.«

Er sprang auf. »Hey, Vorsicht! Du schmierst dich gleich überall voll.«

Er reichte mir einen Lappen und ich wischte die Creme, die jetzt wie Milch heruntertropfte, von der Sohle des Turnschuhs.

»In der Hitze ist sie wohl flüssig geworden«, sagte er. »Wir hätten das eigentlich im Haus machen sollen, aber ich wollte ein bisschen Farbe kriegen.«

»Du hast meine Frage nicht beantwortet, Dad. Warum können wir nicht einfach hinfahren?«

Er seufzte. »Weil sie vielleicht nicht … Sie ist vielleicht …« Er hatte einen gequälten Ausdruck im Gesicht, während er sich den Nacken rieb. »Schau, Spanien ist ein großes Land, Joseph. Die Suche könnte ewig dauern.«

»Na und? Wir haben doch auch ewig Zeit, oder nicht?«

Meine Worte hingen einen Moment lang in der Luft, aber Dad antwortete nicht. Ich hätte wissen müssen, dass er nicht zustimmen würde. Es war hoffnungslos. Ich würde mich ABUP stellen müssen und ich konnte nichts dagegen tun.

Ich rieb den ersten Turnschuh fertig ein und stellte ihn zum Trocknen ab. Er sah schrecklich aus – als hätte sich ein Albatros auf meinem Fuß erleichtert.

»Ich habe gerade mit Flohs Dad gesprochen«, sagte ich.

»Ach, ja? Hast du ihn überzeugen können Klaris in Ruhe zu lassen?«

»Nein. Dafür ist es zu spät. Morgen kommt jemand von ABUP.«

Dad hörte mit dem Schuheputzen auf und schüttelte den Kopf. »Oh, das klingt nicht gut. Armer kleiner Floh. Arme Klaris. Nicht zu fassen.«

Es schien ihn tatsächlich traurig zu stimmen. Dabei wusste er noch nicht einmal, dass *mein* Gehirn als nächstes an der Reihe war.

»Nicht zu fassen, dass es so weit gekommen ist. Das ist institutionalisierter Mord, wenn du mich fragst.« Er polierte energisch die Spitze seines Schuhs. »Bei dem Unsinn, den sie heutzutage erzählen, könnte man meinen, sie wären der Staatsfeind Nummer eins und nicht bloß Spielgefährten für einsame Kinder. Ich hätte nicht übel Lust, rüberzugehen und Dr. Cliff die Meinung zu geigen. Das ist einfach nicht richtig.«

»Nein!« Ich versuchte gelassen zu klingen, versagte jedoch

kläglich. »Nein, er hat gerade Sprechstunde. Er ist sowieso schon schlecht gelaunt, und wenn du ihn jetzt störst, wird er erst richtig genervt sein.«

Dad wirkte nicht gerade überzeugt, wandte sich aber wieder seinen Schuhen zu.

»Ich habe im Internet darüber gelesen, Joseph, und es gibt Leute, die die Regierung wegen Shorefield unter Druck setzen. Sie nennen sich Gesellschaft zum Schutz von Unsichtbaren Personen oder so was in der Art. Jedenfalls wollen sie, dass die damalige Untersuchung noch einmal geprüft wird.«

Er polierte den Schuh, bis er glänzte. »Viele Leute glauben nämlich, dass da irgendetwas verschleiert wurde.« Er seufzte. »Aber ganz gleich was passiert, für den kleinen Floh wird es zu spät sein. Ich finde, es ist ganz schön weit gekommen, wenn erwachsene Männer versuchen die Fantasie eines Kindes zu zerstören. Das sollte nicht erlaubt sein.« Er drückte den Deckel auf die Schuhcremedose und zwang sich zu einem Lächeln. »Andererseits sollte es auch nicht erlaubt sein, dass jemand einem alles Selbstvertrauen zerstört oder jede Hoffnung nimmt oder das Herz bricht. Und das passiert häufig.«

Durch die offene Tür sah ich zur Postkarte meiner Mum, die an ihren alten Romanen lehnte.

»Hat Mum dir das Herz gebrochen, Dad?«

Er lächelte. »Nein, Joseph, aber sie hat es rausgenommen, auf Vordermann gebracht und mir zurückgegeben, damit ich mich um dich kümmern kann.« Er grinste. »Wenn sie nach meinem Tod eine Obduktion an mir durchführen, werden sie ihre Initialen, CR, auf meinem Herzen finden, wie das Brandzeichen bei einer Kuh.«

Bei der Vorstellung zuckte ich zusammen. »Aber was ist mit deiner Verabredung morgen, Dad? Ich meine, was bedeutet das für dich und Mum?«

Er seufzte wieder, dieses Mal so tief, dass sich sein ganzer Körper hob und senkte. Dann legte er mir sanft die Hand auf den Arm. »Joseph, deine Mum ist die Liebe meines Lebens. Und wenn sie hier wäre, wäre alles anders. Aber das ist sie nicht und vielleicht ist es Zeit für uns, unser Leben weiterzuleben. Das müssen wir beide. Wir können nicht weiter so tun, als würde sie jeden Augenblick durch die Tür spazieren. Es ist jetzt zu lange her, dass wir von ihr gehört haben.«

Meine Kehle schnürte sich zu und meine Stimme überschlug sich. »Es sind gerade mal zwei Jahre und ein paar Monate, Dad. Das ist nicht lang. Sie hat die Postkarte kurz vor meinem elften Geburtstag geschickt, schon vergessen? Sie hat geschrieben, dass sie bald zurückkommt.«

Er schniefte und kramte in seiner Hosentasche nach einem Taschentuch. »Können wir ein andermal darüber reden?«

»Okay.« Ich nahm meine Turnschuhe. »Ich putze sie im Haus fertig. Mir ist es hier draußen zu heiß.«

»In Ordnung. Aber leg vorher eine Zeitung auf den Tisch.«

Im Haus war es kühl wie in einer Höhle. Ich legte ein paar Seiten der kostenlosen Lokalzeitung aus und knallte das Schuhputzzeug auf die Autoanzeigen. Dann beschloss ich, dass die Turnschuhe warten konnten.

Ich ging hinüber zum Regal, warf einen Blick auf meine Hände und wischte die weiße Schmiere, die sich unter meinem Daumennagel angesammelt hatte, an meinem T-Shirt ab. Dann holte ich die Keksdose herunter und machte sie auf.

Insgesamt acht Postkarten, wenn man die letzte mitzählte, die auf dem Regal stand. Die ersten drei hatte sie im Frühjahr geschrieben, kurz nachdem sie in Spanien angekommen war, und diese waren anders. Sie enthielten mehr Informationen, waren witziger. Und sie erwähnte darauf ihre Schwester, die mit ihr reiste.

Lois und ich haben heute Sombreros gekauft – du solltest uns mal sehen – wir sehen wie totale Idiotas aus!
Der Kellner hat Lois heute Abend schöne Augen gemacht.
Er sah Pavarotti zum Verwechseln ähnlich!
Lois hat in ihrem besten Spanisch nach dem Weg zum Hotel gefragt und wir sind beim Rathaus gelandet!

Und sie schrieb, wie es ihr ging.

Auf dem heißen Sand zu liegen und den Wellen zu lauschen, ist so entspannend.
Ich fange an mich wie ein neuer Mensch zu fühlen.
Wenn du mich fragst, sollten sie Spanien in Flaschen abfüllen und in der Apotheke verkaufen. Bei mir wirkt es!

Und natürlich, dass sie mich vermisste.

Oh, Joseph, dieser Ort wäre das Paradies, wenn du auch hier wärst!
Du fehlst mir so sehr.
Ich würde dir das alles so gerne zeigen.

Warum, verdammt noch mal, tat sie es dann nicht?

Die letzten vier Postkarten sah ich mir erst gar nicht an. Sie waren einige Wochen später gekommen. In der Zwischenzeit hatten sich Mum und ihre Schwester getrennt. Lois hatte sich in Marbella in einen Surflehrer namens Pablo verliebt und Mum hatte eine ihrer Launen gepackt und war alleine weitergezogen. Die Karten waren nicht mehr als kurze Nachrichten und sie fing an distanziert, unsicher und einsam zu klingen. So wie an ihren schlimmsten Tagen, wenn ich versuchte mit ihr zu reden, sie aber einfach nur weinte, aus dem Fenster starrte oder, noch schlimmer, durch mich hindurchsah.

Und dann, nach einer längeren Pause, als wir gerade angefangen hatten uns Sorgen zu machen, kam die letzte Postkarte an.

Ich nahm sie vom Regal und drehte sie um.

Stell dir vor, Joseph! Ich komme im Sommer zurück – halt also die Augen offen, wer weiß, wann ich wieder da bin!!!

Sie hatte gesagt, sie würde nach Hause kommen.

Nur tat sie es nicht.

Ich hatte gar nicht bemerkt, dass Floh in der Tür stand. Er klopfte wieder diesen leisen Rhythmus.

»Kann ich reinkommen?«

Ich wischte mir die Träne mit dem Handrücken aus dem Auge.

»Ja. Wir müssen uns sowieso unterhalten.«

Seine Stirn sah anders aus.

»He, dein K ist grün geworden.«

»Ja. Es war fast nicht mehr zu sehen, deshalb habe ich es mit Pos Ölfarbe nachgezogen. Gefällt es dir?«

»Äh, ja, es ist … mal was anderes.«

Er setzte sich auf den Stuhl neben mir und nahm den Stapel Postkarten. Ich musste mich schwer zurückhalten, um sie ihm nicht aus den Händen zu reißen.

»Sind die von deiner Mum?«

Ich nickte, den Blick fest auf die wertvollen Karten geheftet. Als er sie vorsichtig zurück in die Dose legte, entspannte ich mich.

»Um ehrlich zu sein, mache ich mir Sorgen, Floh. Wir haben nur noch einen Tag und sind mit der Liste immer noch nicht durch. Ich habe mit deinem Dad gesprochen und er will sich noch nicht einmal anhören, was für Beweise wir haben.«

Floh zuckte mit den Achseln. »Es wird schon alles gut gehen. Wir erzählen einfach alles der ABUP-Person, wenn sie kommt.«

»Ja, das ist unsere einzige Chance. Aber es ist riskant. Und was ist, wenn wir nicht alle Antworten finden?«

»Du musst noch mit meiner Mum reden. Sie weiß meistens über alles Bescheid.«

»Ist sie aus dem Krankenhaus zurück?«

»Noch nicht. Aber sie kommt, sobald der Schlüssel aus Wills raus ist. Vielleicht sitzt er ja gerade auf dem Klo und sie ist heute Abend schon wieder zu Hause.«

»Also das hoffe ich, Floh. Ich kann nämlich nicht wahllos irgendjemanden in deiner Familie beschuldigen, dass er Klaris etwas anhängen will. Denn ich werde weiterhin nebenan wohnen und ihn oder sie jeden Tag sehen. Ich darf bei dieser Sache keinen Fehler machen.«

Voll buddhistisch

Da Floh gehen musste, um mit den anderen auf Egg aufzupassen, putzte ich meine Turnschuhe fertig und schlenderte dann nach draußen. Henry lag im Schatten der alten Weinrebe, die sich hinten am Haus der Cliffs nach oben rankte und von der lilafarbene Blüten wie Trauben herunterhingen. Ich kniete mich hin, streichelte seinen Kopf und unterdrückte das Bedürfnis, mir danach die Hand an der Hose abzuwischen. Er wedelte träge mit dem Schwanz und wirbelte den Staub auf dem trockenen Boden auf.

»Weißt du, was passiert ist, Alter? Weißt du, wer das alles angestellt hat?« Sein Schwanz bewegte sich weiter im gleichmäßigen Takt wie ein Metronom. Ich seufzte und richtete mich auf.

»Erwischt!« Es war Rocky. »Bist du jetzt endgültig übergeschnappt?«

»Ja, kann sein.«

»Bist du noch nicht mit der Ermittlung fertig?«

Ich schüttelte den Kopf.

Rocky prustete abfällig. »Ist bestimmt superspannend. Jedenfalls interessanter, als mit mir abzuhängen.«

Dann hatte er mir also doch noch nicht vergeben.

»Ab Freitag bin ich wieder ganz für dich da, versprochen. Wenn mein Hirn bis dahin nicht zu verbrutzelt ist, um mit deinen brillanten Konversationskünsten mitzuhalten.«

»Aber dann sind die Ferien ja so gut wie vorbei«, jammerte er. »Wochenenden gelten nicht, die haben wir ja eh frei. Kannst du dir nicht wenigstens einen Tag freinehmen? Geh mit mir in die Stadt. Ich muss meine Mum und meinen dämlichen, schlüsselmampfenden Bruder im Krankenhaus besuchen, aber das wird nicht lang dauern. Danach können wir losziehen und ein bisschen Spaß haben.«

»Okay, aber was ist mit Egg? Sollst du nicht auf ihn aufpassen, während dein Dad arbeitet?«

»Ja, ich bin heut Morgen dran und Po heute Nachmittag.«

»Und wo ist er?«

Rocky zuckte mit den Schultern. »Keine Ahnung. Ich habe Floh gesagt, dass er mit ihm spielen soll. Wahrscheinlich sind sie irgendwo hier draußen.« Wir ließen den Blick über den Garten schweifen und lauschten, ob wir ihre Stimmen hören konnten. Das einzige Geräusch war ein Schuss in der Nähe.

»Taubenmörder«, sagte er.

»Ach, jetzt tu nicht so vegetarisch, Rocky. Du isst auch Fleisch.«

»Ja, aber ich bringe Tiere nicht zum Spaß um. Das ist total krank.«

Er schnippte eine Fliege weg, die auf seiner Brust gelandet war. »Stirb, du fieses, kotzefressendes Mistvieh!«

Ich zog die Augenbrauen hoch. »Voll buddhistisch.«

»Was denn? Sie ernähren sich von ihrer eigenen Kotze. Das ist eine Tatsache.« Dann schrie er lustlos: »Flo-oh! E-egg! Kekse in der Kü-che.«

Wir schlenderten schweigend zum Haus hinüber. Abgesehen von Rockys klatschenden Flip-Flops und dem gelegentlichen Knall eines Gewehrs in der Ferne war es völlig still. Egg hatte die Küche vor uns erreicht und saß am Tisch, wo er gerade einen Doppeldeckerkeks auseinanderpfriemelte.

»Hi, Egg«, sagte ich. »Wo ist Floh? Wart ihr zwei nicht zusammen?«

Er schüttelte den Kopf und Krümel, die sich in seinen Mundwinkeln gesammelt hatten, flogen in alle Richtungen.

»Aber hast du ihn gesehen?« Er schüttelte noch einmal den Kopf, diesmal nicht ganz so überzeugend. Mir wurde ein wenig flau, es war nur so ein leichter Druck in der Magengrube. Wenn ich die Idee gehabt hatte, mich nach Spanien abzusetzen, um dem ABUP-Besuch zu entgehen, wäre Floh dann nicht vielleicht auf denselben Gedanken gekommen?

»Du hast ihn also überhaupt nicht gesehen? Er ist vor etwa einer halben Stunde rübergekommen, um auf dich aufzupassen.«

Egg schüttelte noch einmal den Kopf, hielt den Blick jedoch fest auf seinen Keks gerichtet. Er wandte sich an Rocky. »Milch, bitte.«

Seine Stimme hatte er also nicht verloren. »Egg, sag mir, wo Floh ist.« Er zuckte mit den Achseln und stopfte sich die untere, mit Marmelade beschmierte Kekshälfte, die er sich bis zum Schluss aufgehoben hatte, in den Mund.

Ich rannte nach draußen und rief nach Floh, bekam aber keine Antwort. Ich sah im Wohnzimmer, im Esszimmer und in seinem Zimmer nach. Wieder nichts. Schließlich ging ich nach draußen, und während ich hektisch mit den Augen die ganze Gegend absuchte, entdeckte ich eine Gestalt am offenen Dachbodenfenster. Ich rannte wieder ins Haus und hinauf in den dritten Stock, wo ich ihn in einem staubigen Abstellraum voller Kisten und Möbel fand, die wie Gespenster in weiße Laken gehüllt waren. Er lehnte aus der Dachluke und drehte sich nicht um, so dass ich seine Schulterblätter sehen konnte, die sich wie gefaltete Flügel durch sein grünes T-Shirt bohrten.

»Floh, da bist du ja!«

Einen Moment lang antwortete er nicht und stellte sich lediglich auf die Zehenspitzen, als könnte er jeden Augenblick aus dem Fenster fliegen.

Dann drehte er sich mit gerunzelter Stirn um. »Darüber zerbreche ich mir schon die ganze Zeit den Kopf. Ich weiß, dass sie nicht bösartig ist, und sie wandert auch nicht im eigentlichen Sinne ab. Aber warum ist sie dann zu dir gekommen, Joseph?«

Ich seufzte. »Keine Ahnung, Floh. Ich hab wohl einfach Glück.«

»Ja, das hast du.«

»Das war ein Witz.«

»Oh. Egg glaubt, dass es meine Schuld ist.«

»Egg? Was hat er zu dir gesagt?«

Er schwieg kurz. »Er sagt, es ist nur passiert, weil ich so ein

Loser bin, und dass sogar Klaris es weiß. Ich glaube, er ist wütend auf mich wegen Wills.«

»Ja, wahrscheinlich. Sie sind es nicht gewohnt, voneinander getrennt zu sein. Es muss schwer für ihn sein.«

»Es ist nicht nur Egg. Ich hab versucht mit Po darüber zu reden, aber sie macht sich nur Sorgen, dass ihre Schulfreunde davon erfahren. Und Rocky hält mich sowieso für einen Idioten. Und mein Dad – na ja, er ist derjenige, der versucht sie loszuwerden.«

Dem konnte ich eigentlich nichts entgegensetzen. Ich mochte die Cliff-Familie sehr, aber Floh verdiente es nicht, so von ihnen behandelt zu werden. Als Einzelkind ist man oft einsam, doch in diesem Moment begriff ich, dass es noch schlimmer ist, in einer Gruppe einsam zu sein.

»Schau, Floh, ich weiß nicht, warum sie zu mir gekommen ist. Glaub mir, ich habe sie nicht dazu ermutigt. Jedenfalls nicht absichtlich. Ich träume wohl zu viel vor mich hin. Ich … ich denke manchmal an meine Mum. Na ja, eigentlich ziemlich oft. Ich stell mir vor, dass sie nach Hause kommt. Wie sie mit einem großen Strohhut auf dem Kopf und einem Eselstofftier über der Schulter aus einem Taxi steigt, so was in der Art.«

»Oh«, sagte er. »Das ist bestimmt nett.«

»Ja. Aber das eigentlich Wichtige ist, dass Klaris zuerst zu dir gekommen ist, weil du jemand Besonderes bist. Du bist der mit der lebhaften Fantasie. Und du fühlst Dinge, die sonst niemand fühlt. Oder wenn sie es tun, geben sie's nicht zu, weil es ihnen peinlich ist. Du guckst und hörst zu und bemerkst Dinge. Und du bist mutig. Mutiger als die ganzen Jungs im Park mit ihren dicken Muskeln.« Ich seufzte. »Mutiger als ich, denn ich habe meinem Dad kein Wort von der ganzen Sache erzählt.«

Floh zuckte mit den Achseln. »Vielleicht.«

Ich legte den Arm um seine knochigen Schultern. »Wir werden Klaris schon irgendwie retten. Aber jetzt geh ich erst mal ins Krankenhaus und besuche deine Mum und Wills.«

Wir müssen uns nicht verabschieden

Als ich wieder nach unten ging, traf ich auf Rocky, der sich die Taschen mit Keksen für die Fahrt vollstopfte. »Komm«, sagte er. »Für heute bin ich mit Babysitten fertig. Verschwinden wir.«

Ich schnappte mir noch schnell ein paar Sachen von zu Hause. Dann joggten wir zur Bushaltestelle und erwischten den 49er-Bus.

Wir bezahlten und ich zeigte dem Fahrer kurz meinen Ausweis für den Fall, dass er mich für älter als vierzehn hielt (es gibt für alles ein erstes Mal). Dann steuerten wir die hintere Sitzbank an. Ich hoffte inständig, dass beim nächsten Halt keine großen, knallharten Typen einstiegen und uns von unserem Platz verscheuchten. Doch es stieg überhaupt niemand ein, daher unterhielt mich Rocky mit seinen sehr lauten und ganz eigenen Versionen bekannter Lieder, indem er den Text durch Furzgeräusche ersetzte, wenn er ihn nicht wusste. Die bösen Blicke des Fahrers im Spiegel ignorierte er. Es klingt bescheuert, aber irgendwie war es das Lustigste, das ich je gehört hatte. Na ja, in letzter Zeit gab es für mich auch nicht viel zu lachen.

Das Krankenhaus ist einfach zu finden – es ist nur ein kurzes Stück von der Bushaltestelle entfernt. Doch kaum waren wir hineingegangen, verliefen wir uns auch schon hoffnungslos.

Wir wussten, dass Wills auf einer Kinderstation namens Daunenfeder lag, aber es war ein altes Krankenhaus, das aus vielen verschiedenen, mit Tunneln und Brückenkorridoren verbundenen Gebäuden bestand. Wir versuchten dem Lageplan zu folgen, waren jedoch offensichtlich irgendwo falsch abgebogen, weil wir nicht bei Wills, sondern im Wartezimmer der Abteilung für Neuropathologie landeten. Wir wollten gerade umdrehen und wieder zum Eingang zurückgehen, als Rocky mich anstupste und auf ein großes Schild an der Wand zeigte.

AMBULANZ FÜR DEPRESSION/PSYCHOSE/ ENTFERNUNG UNSICHTBARER PERSONEN BITTE MELDEN SIE SICH BEIM EMPFANG

Abgesehen von einer Frau mittleren Alters, die ein etwa dreijähriges blondes Kind fest auf ihrem Schoß hielt, war das Wartezimmer leer. Das kleine Mädchen hatte sich die Hände über die Ohren gelegt, während sie lauschte und mit piepsiger Stimme sprach. Dann blickte sie verwirrt.

»Red keinen Unsinn«, sagte sie. »Wir müssen uns nicht verabschieden.«

Wir eilten weiter.

Wills sah auf, als wir endlich in sein Krankenhauszimmer marschierten. Er lächelte Rocky an, doch als er mich sah, schaute er böse und zog sich die Bettdecke über den Kopf. Zum Glück schien seine Mum das nicht zu bemerken.

»Hallo, ihr zwei«, sagte sie. Es war seltsam, sie an einem anderen Ort als in der Küche der Cliffs zu sehen. Ich kannte sie eigentlich nur mit geröteten Wangen und gestresster Miene, in einfacher Bürokleidung oder einem schmuddeligen Jogginganzug und das lange schwarze Haar nach hinten gebunden. Aber an dem Tag, weit weg von zu Hause und dem Büro, sah sie entspannt aus und irgendwie jünger. Sie lächelte. »Ist das nicht eine nette Überraschung, Wills?«

Er nahm die Bettdecke herunter, blickte aber immer noch misstrauisch. »Habt ihr mir was mitgebracht?«

Ich griff in meine Tasche. »Hier, bitte schön. Ich hab dir meine DSi-Konsole mitgebracht. Ich dachte, du langweilst dich vielleicht.«

Wills lächelte und riss seine dunklen Augen weit auf.

Seine Mum legte mir einen Arm um die Schultern. »Oh, Joseph, wie aufmerksam von dir. Der arme kleine Wills langweilt sich hier schrecklich. Ich muss schon sagen, dass wir uns ein bisschen vernachlässigt fühlen. Sie haben ihn einfach ins Bett gesteckt und gesagt, dass wir klingeln sollen, falls er starke Schmerzen hat. Sie haben ihn noch nicht einmal geröntgt – anscheinend hatten sie alle Hände voll zu tun mit Kindern, die von Trampolinen gefallen sind und sich dabei irgendwas gebrochen haben.«

Sie sah auf ihre Uhr. »Ich mach das ja nur ungern, wo ihr gerade erst angekommen seid, aber ich muss kurz raus und jemanden anrufen. Würde es euch beiden etwas ausmachen, Wills ein paar Minuten Gesellschaft zu leisten?«

Rocky sah aus, als wollte er sich weigern, daher sagte ich schnell: »Natürlich nicht. Das macht uns gar nichts aus, stimmt's?«

Wills fing an zu weinen.

»Was ist los, Schatz? Hast du Bauchschmerzen?« Seine Mum wirkte beunruhigt, sah aber noch einmal auf ihre Uhr. »Schau, ich bin schon in ein paar Minuten wieder zurück. Wenn es dann immer noch wehtut, rufen wir die Krankenschwester. In Ordnung?«

Da ich nur wenig Zeit hatte, hielt ich Rocky einen Fünfer hin, sobald sie weg war.

»Wie wär's, wenn du uns was zum Naschen besorgst? Ich passe in der Zwischenzeit auf Wills auf.«

Wills schaute noch beunruhigter, doch Rocky schnappte sich den Geldschein und rannte aus dem Zimmer.

Jetzt waren Wills und ich allein. Er umklammerte die DSi-Konsole mit seinen kleinen Händen und hielt den Blick fest auf die Tür gerichtet.

»Ohne ein Spiel wirst du damit nicht viel Spaß haben, oder?«, sagte ich.

Er drehte die Konsole herum und sah den leeren Schlitz.

»Komm schon, nur ein kurzer Plausch und dann gebe ich dir auch das Spiel. Ich muss mit dir über etwas sprechen, das am Montagabend passiert ist. Etwas, wofür man Klaris die Schuld in die Schuhe geschoben hat.«

Er starrte mich an, mit Augen so riesig wie die des Hirschs auf der Straße, dann schnellte sein Blick von meinem Gesicht zum Spiel.

»Wir haben es nicht getan. Es war Klaris.«

»Wovon redest du?«

»Die Schrift auf dem Schuppen. Sie war es. Da steht sogar, dass sie es war.«

Ich holte mein Heft aus der Tasche. »Okay. Ich glaube dir. Aber du musst trotzdem was für mich tun, wenn du das Spiel willst. Schreib einfach ihren Namen da hin und ich geb's dir.«

Er schaute misstrauisch, nahm aber den Stift und schrieb in wackeligen Buchstaben:

CLARIS

Er schrieb den Namen mit einem C, genau so, wie er in die Schuppenwand geschnitzt war.

Ich zeigte auf die gestrichelte Linie, die ich direkt darunter gezeichnet hatte.

»Und kannst du jetzt noch deinen Namen da hinschreiben?«

Er zögerte, doch ich nahm ein Spiel aus meiner Tasche und hielt es knapp außerhalb seiner Reichweite. Dann schrieb er die Namen, die er und Egg in der Schule geübt hatten:

William und Edgar Cliff

»Du kannst also schreiben.«

Er schüttelte den Kopf. »Jetzt gib mir das Spiel.«

»Da«, sagte ich und warf es auf die Bettdecke.

Rocky tauchte mit einer Einkaufstüte voller Schokolade und Chips in der Tür auf und seine Mum kam direkt nach ihm herein.

»Komm«, sagte Rocky, »Zeit zu gehen.«

»Jetzt schon, Jungs?« Seine Mum blickte enttäuscht. »Oh, na ja. Es war nett von euch, uns zu besuchen, stimmt's, Wills?«

Aber Wills hatte den Kopf wieder unter die Decke gesteckt.

»Machen Sie sich keine Sorgen«, erklärte ich. »Diese Wirkung hab ich immer auf Leute. Aber könnte ich kurz mit Ihnen sprechen, bevor ich gehe?«

»Mit mir? Oh, also, ja, warum nicht.«

Wills fing wieder an zu weinen, doch Mrs Cliff küsste ihn sanft auf die Stirn und stand auf. »Stell dich nicht so an, Wills, ruf einfach die Krankenschwester mit deinem besonderen Knopf, wenn du etwas brauchst. Komm, Joseph. Ich brauche dringend eine anständige Tasse Kaffee.«

»Ich muss kurz mal in den Spieleladen«, flüsterte Rocky mir zu, als wir das Zimmer verließen. »Ich hab ein paar alte Sachen von Floh, die ich umtauschen will. Wir treffen uns in einer Stunde an der Bushaltestelle.«

Hart wie Beton

Ich ließ mich von Mrs Cliff zu einer Cola und einem Stück Karottenkuchen aus der Krankenhauskantine einladen und wir setzten uns draußen auf der Terrasse an einen Tisch.

Sie holte eine Packung Zigaretten aus ihrer Tasche, zündete sich eine an und nahm einen langen Zug. Sofort breitete sich ein Ausdruck der Zufriedenheit auf ihrem Gesicht aus. Einen Augenblick später marschierte eine imposante Dame mit einer blauen Schürze zu uns herüber.

»Rauchen ist hier nicht erlaubt. Selbst im Freien.« Sie zeigte auf ein großes Rauchen-verboten-Schild. »Sie sind schließlich in einem Krankenhaus.«

»Oh.« Mrs Cliff betrachtete liebevoll ihre Zigarette, zog ein letztes Mal daran und drückte sie auf einem alten Aluteller aus.

»Immer noch keine Spur von dem Schlüssel?«, fragte ich.

»Nein. Heute Nachmittag wird er endlich geröntgt. Ich frage mich langsam, ob er das Ganze nicht erfunden hat und ihn ausgespuckt hat, nachdem er von dir weggerannt ist, oder so was in der Art. Er verhält sich schon die ganze Zeit ein bisschen merkwürdig.« Sie lächelte. »Noch merkwürdiger als sonst. Und er vermisst Egg schrecklich.«

Ich probierte den Karottenkuchen. Er schmeckte nach trockenem Spülschwamm.

»Na schön«, sagte sie. »Ich will ihn nicht zu lange allein lassen, bringen wir es also hinter uns.«

Ich nickte. »Der ABUP-Vertreter kommt morgen und ich muss noch ein paar Dinge herausfinden.«

Sie schaute beunruhigt. »Morgen? Niemand hat mir gesagt, dass es schon so bald sein würde. Es tut mir leid. Ich habe versucht meinem Mann die Sache auszureden, aber er lässt sich nicht umstimmen. Er glaubt, dass Klaris gefährlich werden könnte und wir etwas unternehmen müssen.«

Sie fuhr sich mit den Händen durchs Haar. »Er will es nicht tun, Joseph. Aber er glaubt, dass er keine andere Wahl hat. Von seiner offensichtlichen Sorge um unsere Sicherheit einmal abgesehen ist er auch der Dorf-Arzt. Wenn sich herumspricht, dass wir einer bösartigen Unsichtbaren Unterschlupf gewähren, wird ihm niemand mehr vertrauen. Das wäre das Ende seiner Karriere. Wir würden das Haus, ja sogar das Dorf verlassen müssen. Die Kinder würden auf eine neue Schule gehen und sich neue Freunde suchen müssen.«

»Aber sie ist nicht bösartig. Für die meisten Dinge, die sie seiner Meinung nach getan hat, gibt es eine einfache Erklärung.«

»Gut.« Sie schob ihren Kaffee weg und musterte einen Moment lang mein Gesicht. »Okay, hör mal, ich will meinem Mann nicht in den Rücken fallen, aber ich helfe gern, wenn ich kann.«

»Danke. Erzählen Sie mir einfach alles über Klaris, das nützlich sein könnte.«

»Also, viel weiß ich eigentlich nicht. Ich erinnere mich, dass sie zum ersten Mal aufgetaucht ist, als Floh etwa fünf war. Er hatte vorher andere unsichtbare Freunde, aber die sind nie lange geblieben.« Sie schüttelte den Kopf. »Klaris war von Anfang an anders. Ein bisschen rechthaberisch und launisch, könnte man sagen. Aber das hat ihm nie etwas ausgemacht. Im Gegenteil, er hat sie von Anfang an richtig vergöttert. Auf jeden Fall hört er mehr auf sie als auf mich oder seinen Vater.«

Sie unterbrach sich, um an ihrem Kaffee zu nippen.

»Sie hat also immer einen guten Einfluss auf ihn gehabt?«

Mrs Cliff nickte. »Ja, aber sie haben sich schon auch gestritten. Sie mischt sich gerne ein. Und nicht nur bei Dingen, die Floh betreffen, sondern auch beim Rest der Familie.«

»Sie eingeschlossen?«

Sie lachte. »Vor allem bei mir, glaube ich.«

»Was genau macht sie denn?«

»Na ja, sie kann es nicht ausstehen, dass ich rauche. Floh hat nie etwas gesagt, bis Klaris damit anfing. Jetzt hat er deswegen einen richtigen Fimmel und ich muss mich in meinem eigenen Haus verstecken, wenn ich eine rauchen will.«

»Sonst noch was?«

»Ja, Klaris mischt sich gerne ein, wenn ich koche. Als ich vor ein paar Wochen das Sonntagsessen zubereitet habe, ist Floh in die Küche gekommen und hat mir ausgerichtet, dass meine Yorkshire-Puddings nicht aufgehen werden, wenn ich den Ofen nicht höher stelle.«

»Und hatte sie Recht?«

»Ja, leider. Ich habe mich geweigert die Temperatur hochzudrehen und das Ergebnis war, dass sie hart wie Beton geworden sind.«

»Dann sind Sie also froh darüber, dass Klaris bald weg ist.«

Sie zögerte. »Nein. Na ja, jedenfalls nicht so. Ja, es hat Zeiten gegeben, wo ich mir gewünscht hätte, dass Klaris verschwindet und Floh sich echte Freunde sucht. Aber nein, ich wollte nicht …« Sie tupfte sich mit einer Serviette die Augen.

»Nur noch ganz kurz.« Ich nahm einen Schluck von meiner Cola. »Was die Sache mit dem Rauchen betrifft. Wenn Sie sagen, Sie müssen sich in Ihrem eigenen Haus verstecken, wo genau rauchen Sie dann?«

»Oh, aus dem Fenster raus, im Garten. Abends setze ich mich oft ins Auto und mache das Radio an.«

»Im Dunkeln?«

»Na ja, wenn es dunkel ist, schalte ich meistens das kleine Innenlicht an. Dann ist es ein bisschen gemütlicher. Warum?«

»Ach, nichts eigentlich.« Ich aß den Rest meines Karottenkuchens, schob meinen Stuhl zurück und stand auf. »Danke, Sie waren eine große Hilfe.«

»Ach ja?« Sie strich sich das Haar glatt und lächelte. »Na, das freut mich.«

Auf dem Weg nach draußen ging ich wieder durch die Abteilung für Neuropathologie. Diesmal war das Wartezimmer leer und ich wollte einfach daran vorbeilaufen. Ich wollte es tun, tat es aber nicht. Stattdessen steuerte ich auf die schweren Doppeltüren zu, die zum Behandlungsraum führten. Auf Augenhöhe waren mit Draht verstärkte Glasscheiben eingesetzt. Ich versuchte die Türen aufzuschieben, doch sie waren abgesperrt. Deshalb drückte ich das Gesicht gegen die Scheibe und sah hindurch.

Der Raum war »fröhlich« dekoriert – von den Wänden grinsten mit Schablone aufgemalte Clowns und an der Decke schwebten Wolken –, weil Kinder dann angeblich vergessen, dass sie Angst oder Schmerzen haben oder sterben.

Auf dem Behandlungsstuhl lag ein kleiner Junge, der etwa vier Jahre alt war. Er trug ein grünes Krankenhaushemd und eine bunte Haube voller Elektroden. Ein Mann in einem weißen Kittel mit glänzenden Schuhen und einem borstigen rotblonden Spitzbart beugte sich über den Jungen und legte den Kopf schief. Durch die Tür konnte ich gerade so die leise Stimme des Arztes ausmachen.

»Komm schon, ich weiß, du kannst das besser. Sprich einfach in Gedanken mit ihm, so wie du es sonst auch tust, und dann ist es im Handumdrehen vorbei. Vielleicht kriegst du sogar einen Lutscher.« Und während der ganzen Zeit blickte der Arzt zwischen dem Gesicht des Jungen und dem Computerbildschirm, auf dem seine Gehirnaktivitäten zu sehen waren, hin und her. »Komm jetzt«, sagte er und klang schon ungeduldiger. »Komm schon, kleiner, äh …«, er warf einen Blick auf seine Notizen, »kleiner Toddy Schneeflocke, zeig dich, wir haben nicht den ganzen Tag Zeit.«

Ich konnte das Gesicht des Jungen sehen. Er starrte geradeaus und umklammerte den Stoff seines Krankenhaushemds. Er gab keinen Laut von sich, aber Tränen liefen ihm über die Wangen und tropften auf das Vinyl des Stuhls.

Plötzlich bemerkte der Arzt am Bildschirm eine Veränderung.

»Aha, da haben wir dich ja!«, sagte er. »Genau, wo ich dachte.« Und dann drückte er einen Knopf.

Ich drehte mich schnell um und ging weg, während ich mir meine eigenen bescheuerten Tränen vom Gesicht wischte.

Freitag

Es ist noch nicht vorbei

Mein Dad war gerade dabei, Blumen in einer Vase zu arrangieren. Na ja, arrangieren trifft es nicht so richtig, aber die Stiele steckten am Schluss alle im Wasser und nur darauf kommt es an, denke ich.

»Schau dir das an – sie lassen schon die Köpfe hängen«, sagte er, während er eine orangefarbene Blüte anhob, die sofort wieder nach unten sackte. »Aber ein bisschen fühle ich mich auch so. Der heißeste Tag des Jahres, haben sie gesagt. Heute Abend soll's regnen. Das ist dann wohl das Ende des Sommers.« Er trat einen Schritt zurück, um die Wirkung seines Arrangements zu bewundern. Nicht gerade überragend.

»Das sind Gerbera«, erklärte er und versuchte jetzt die welkenden Köpfe alle in dieselbe Richtung zu drehen. »Auch bekannt als übergroße, überteuerte Gänseblümchen. Aber sie waren die Lieblingsblumen deiner Mutter. Sie hatte sie in ihrem Hochzeitsstrauß. Eine hat sie mir sogar ins Knopfloch gesteckt.« Er führte die Vase an sein Gesicht, schnupperte und legte dann die Stirn in Falten. »Ich fühl mich heute ein bisschen komisch. Innerlich ganz flatterig.«

»Vielleicht solltest du deine Verabredung heute Abend lieber absagen.«

»Meinst du?«

Ich ging zur Spüle hinüber und füllte ein Glas mit Wasser. »Das war Sarkasmus. Du musst dich einfach nur entspannen. Ich wette, sie … wie heißt sie noch mal?«

»Äh. Milly. Nein, das stimmt nicht. O Gott, ich hab ihren Namen vergessen! Äh … Mandy! Genau, sie heißt Mandy.« Er zog die Augenbrauen zusammen, so dass sich eine hügelartige Stirnfalte bildete. »Was, wenn ich heute Abend ihren Namen vergesse?« Er stützte das Gesicht auf die Hände. »Ich fass es nicht. Mit wie vielen Frauen bin ich in den letzten Jahren ausgegangen?«

»Mit keiner.«

»Genau! Wie kann es da sein, dass ich ihren Namen vergessen habe? Und, noch viel wichtiger, wie wird es aussehen, wenn ich ihn heute Abend vergesse?«

»Das wirst du nicht, Dad.«

»Sie wird denken, dass ich ein Weiberheld bin. Dass ich mich ständig mit Frauen verabrede. Jede Woche mit einer anderen. Sogar jeden Abend!«

Ich setzte mich neben ihn und legte ihm die Hand auf die Schulter. »Das bezweifle ich, Dad. Und selbst wenn ihr das durch den Kopf gehen sollte, spielt das keine Rolle. Denn nach zehn Minuten wird sie hinter deiner Nervosität dein wahres Ich erkannt haben.«

»Glaubst du wirklich?«

»Ja. Sie wird schnell kapieren, dass du kein Weiberheld bist, sondern einfach Alzheimer hast. In deinem Alter passiert so was.«

»Hey!«

»Aber solange du ihr nicht deine Inkontinenzunterhosen zeigst, ist alles in Ordnung!«

»Hey, du kleiner, frecher …!«

Er stand vom Tisch auf, schnappte sich den Topfschwamm aus der Spüle und tropfte dann eine flüssige Seifenspur über den Küchenboden in meine Richtung.

Da ich nicht scharf auf ein Extrempeeling war, rannte ich durch die Hintertür nach draußen, dicht gefolgt von einem fliegenden Schwamm.

»Daneben!« Ich hob den Schwamm auf und warf ihn zurück. Er platschte mit einem dumpfen, nassen Knall gegen die Tür, die Dad gerade noch rechtzeitig zugeschmissen hatte.

Er öffnete das Fenster. »Es ist noch nicht vorbei, Joseph!«

»Ja, träum weiter!«

Ich rannte um die Ecke, unsicher, welche Richtung ich einschlagen sollte. Ich wusste, wenn ich in den Garten ging, würde eines der Cliff-Kinder zu mir herauskommen. Aber ich brauchte unbedingt Zeit für mich allein, um mich auf das vorzubereiten, was mir bevorstand. Deshalb blieb ich beim Haus, kauerte mich mit dem Rücken an die kühle, raue Mauer und versuchte nachzudenken.

Dr. Cliff wollte die Wahrheit nicht hören, egal wie überzeugend sie war. Daher mussten wir einen Weg finden, wie wir sie dem ABUP-Vertreter präsentieren konnten, ob es Dr. Cliff gefiel oder nicht.

Ich ging in Gedanken die Liste durch, voller Sorge, dass wir etwas vergessen hatten: »Autobeleuchtung – ja. Stethoskop – ja …«

»Joseph, renn!«

Es war Floh, der mir vom Fenster aus zurief, als mein Dad mit einem großen gelben Eimer in der Hand um die Ecke gehumpelt kam. Sobald er nah genug war, schwang er den Eimer in meine Richtung, doch er war zu schwer und das Wasser schoss bei der Bewegung in die Höhe und schwappte dann nach hinten. Dad wurde mit kalter Seifenlauge übergossen, während ich keinen Tropfen abbekam.

Als ich zum Fenster hinüberschaute, sah ich Floh und Egg, die mit dem Finger auf uns zeigten und sich kaputtlachten. Mir wurde bewusst, dass es das erste Mal war, dass ich sie beide gleichzeitig glücklich erlebte.

Ich rannte in ihr Haus und ließ Dad draußen stehen, wo er auf seine durchnässten Socken in den alten Sandalen starrte.

Floh folgte mir zurück ins Haus. »Das war echt lustig. Wirst du es ihm heimzahlen?«

»Vielleicht.«

»Gut. Ich könnte dir helfen. Du übernachtest ja heute Abend sowieso hier, dann können wir uns was ausdenken.«

»Ja, aber ich schlafe bei Rocky in seiner Stinkhöhle.«

Er legte den Kopf schief. »Du könntest bei mir und Egg schlafen, wenn du willst. Wills' Bett ist frei.«

Ich zögerte. »Danke, Floh, aber ich glaube, ich werde mich mit Rocky abfinden.«

Wie aufs Stichwort tauchte der Genannte höchstpersönlich oben an der Treppe auf und kratzte sich durch seinen gestreiften Pyjama am Hintern. »Was ist das denn bitte für eine Uhrzeit?«, krächzte er.

»Frühstückszeit, Schlafmütze. Was gibt's?«

Floh packte mich am Arm und drückte ihn fest, aber seine Stimme war ruhig. »Vergiss nicht, Joseph, heute ist der Tag.«

Rocky schlurfte die Treppe herunter. »Mann, lass ihn in Ruhe, Floh. Gib ihm einfach den Morgen frei. Er kann dir heute Nachmittag helfen die Welt zu retten. Er schuldet mir immer noch ein linkshändiges Rennen. Und während wir spielen, haben wir was Wichtiges zu besprechen.«

Ich sah Floh an und zuckte mit den Schultern.

»Es wird alles gut werden. Versprochen. Entspann dich einfach, schau dir ein paar Zeichentrickfilme an oder so was, und ich seh dich dann spätestens um zwölf.«

Der alte Bergahorn

Es war ein Uhr, als ich wieder aus der Playstation-Höhle auftauchte. Ich schlenderte blinzelnd hinaus in die diesige medi-
terrane Hitze, wo ich in der Auffahrt meinen Dad antraf, der
gerade das Auto wusch. Ich stutzte.

»Keine Sorge, Joseph«, sagte er lachend. »Dir droht keine Gefahr. Dachte nur, ich bring das gute Stück ein wenig auf Vordermann.« Er betrachtete liebevoll sein Auto. »Du hast Recht,
es ist ein bisschen schmuddelig. Ich will damit in die Stadt fahren und da muss es natürlich bestens aussehen.«

Sein uraltes klobiges Handy klingelte. »Hallo? Am Apparat.«
Er hörte einen Moment lang zu. »Ja, halb vier passt.«

Er legte auf. »Das war der Optiker. Meine Brille ist fertig und
ich kann sie noch vor meiner Verabredung abholen, wenn ich
etwas früher in die Stadt fahre. Ist das okay?«

Ich nickte, während mir klar wurde, dass Dad nicht da sein
würde, falls ich ihn brauchte, wenn der ABUP-Vertreter kam.
Aber wir hatten größtenteils stichhaltige Beweise gefunden,
und sollten die Dinge doch nicht so gut laufen, konnte ich ihn
ja auf seinem Handy anrufen. Ich wusste, dass er sofort zurückkommen würde, wenn ich ihn brauchte.

»Super«, sagte Dad. »Ich schließe ab, wenn ich gehe. Du musst deine Schlafsachen also schon heute Nachmittag holen. Und ich seh dich dann später.«

»Okay.« Ich wandte mich zum Gehen, doch er rief mich zurück.

»Oh, Joseph, nur noch eine Sache.« Als ich mich umdrehte, hörte ich, wie Klaris *Duck dich!* schrie. Ich warf mich hinter das Auto und der Schwamm verfehlte knapp meinen Kopf. Ich rannte vor, schnappte ihn mir – er war immer noch voller Wasser – und schleuderte ihn direkt zurück.

Dad hob einen Arm, um das patschnasse Geschoss abzuwehren, hatte aber vergessen, dass er das Handy noch in der Hand hielt. Zwar schaffte er es, den Schwamm nicht ins Gesicht zu bekommen, doch die Wucht des Aufpralls schlug ihm das Telefon aus der Hand und geradewegs in den Eimer mit dem dreckigen Seifenwasser.

Ich sah nicht zurück, als ich zu den Cliffs rannte, um Floh zu suchen. Er war nicht zu Hause, aber ich fand ihn schließlich in der Nähe der Insel, wo er am Ufer saß und die Füße ins Wasser baumeln ließ.

»Pass auf, dass du nicht reinfällst«, sagte ich.

Er sah auf, doch er hatte Schwierigkeiten, mich durch das Geschrei einer anderen Stimme hindurch zu hören. »Macht sie sich Sorgen?«, fragte ich und er nickte.

Wir saßen eine Weile schweigend da. Auch wenn Klaris sich jetzt still verhielt, konnte ich sie in der Nähe spüren, wie einen Herzschlag.

»Ich glaube, wir sind mit dem Großteil der Liste durch«, brach ich das Schweigen. »Es ist nur noch Punkt sieben übrig, aber da lass ich mir was einfallen. Wie dein Dad schon gesagt hat, die ABUP-Leute sind hochqualifiziert und werden keinen medizinischen Eingriff vornehmen, wenn es nicht unbedingt notwendig ist.«

»Sie sagt, wir sollen weglaufen«, erklärte Floh, der geradeaus blickte. »Auf die Insel rüber. Sie will, dass du den alten verbrannten Bergahorn hochkletterst. Ich hab ihr gesagt, dass wir uns nicht ewig verstecken können und dass wir kämpfen werden, aber sie macht sich große Sorgen. Sie sagt, dass sie uns keine faire Chance geben werden.«

»Ach, was weiß sie schon«, gab ich zurück. »Du kannst ganz beruhigt sein, Floh. Das wird ein Kinderspiel.«

Schwarz gefärbte Koteletten

Zumindest trug er nicht den einteiligen silbernen Hosenanzug.

Mr Jones, Tylers und Ethans Dad, strich sich die schwarze Tolle nach hinten und klingelte um Punkt vier Uhr an der Tür.

Ich sah ihn ankommen und dachte, er wäre hier, um sich über den Hundekampf zu beschweren. Aber als Dr. Cliff ihn ins Haus bat und uns dann ins Wohnzimmer rief, wurde mir ganz anders. An seinem Jeans-Cowboyhemd war eine Dienstmarke befestigt, auf der stand: »V. Jones, ABUP-Koordinator«.

Ich hatte Mr Jones das letzte Mal auf dem Dorffest gesehen, als er mit seiner Elvis-Coverband *Love Me Tender* sang. Er habe aber inzwischen seine Musikerkarriere auf Eis gelegt und umgeschult, wie er Dr. Cliff erklärte.

»Ständig auf Achse zu sein is' nich' gut für die Familie, vor allem nich' für die Kinder. Mein Ethan und mein Tyler sind so sensible kleine Jungs, sie vermissen ihren Dad jedes Mal sehr. Und als ich von diesem Job gehört hab, dachte ich mir: tolle Sache. Ich musste dafür 'nen einwöchigen Kurs belegen«, erzählte er uns. »Es gibt da 'ne Menge zu lernen. Man muss nämlich richtig qualifiziert sein, um diese kleinen Mistviecher zu erwischen – wenn ich das mal so sagen darf.« Er lehnte sich auf dem

Sofa zurück und wischte sich den Schweiß weg, der ihm von den Schläfen in seine schwarz gefärbten Koteletten rann. »Aber mir hat ja mal 'ne Schädlingsbekämpfungsfirma gehört und eigentlich is' das hier auch nich' so viel anders – nur dass man sie nich' selbst plattmacht. Darum kümmert sich das Krankenhaus.«

Er grinste breit, so dass seine gebleichten Zähne aufblitzten. »Und ihr seid also die zwei Kleinen mit dem Problemchen, ja?«

Floh starrte ihn an, ich schaffte es zu nicken.

»Gut, dann seid ihr bei mir genau an der richtigen Adresse. Ich brauch nur noch ein paar Angaben und dann können wir euch auch gleich in den Transporter packen und zum Krankenhaus fahren für … äh, für die Behandlung.« Er holte ein paar Formulare aus seiner Tasche und kritzelte mit einem alten Kugelschreiber auf der Rückseite herum, bis er schrieb.

»Gut, fangen wir mit euren vollständigen Namen an.«

»Felix Peregrine Cliff«, sagte Flohs Dad. »Aber Sie werden sie doch bestimmt nicht gleich heute mit ins Krankenhaus nehmen? Ich dachte, das wäre ein rein diagnostischer Termin.«

Mr Jones reichte ihm die Formulare. »Nö. Ich muss sie heut Nachmittag im Krankenhaus abgeben. Is' vielleicht besser, wenn Sie den Namen von dem kleinen Kerl aufschreiben. Wär ja zu blöd, wenn da 'n Fehler reinrutscht.« Er wandte sich an mich. »Und wie is' dein voller Name, junger Mann? Hoffentlich nichts Kompliziertes.«

»Joseph Reece«, sagte ich. »Aber Sie können uns nicht mitnehmen, um gekappt zu werden. Mein Dad hat Ihnen doch noch gar nicht die Erlaubnis gegeben.«

»Die brauch ich nich'«, erwiderte Mr Jones, der allmählich gereizt wirkte. »Ihr zwei seid als medizinischer Notfall eingestuft.«

»Das kann nicht sein«, wandte ich mit unsicherer Stimme ein. »Außerdem können wir beweisen, dass Klaris ungefährlich ist.«

Er hob den Blick nicht von dem Formular. »Schreibt man das mit f?«

Dr. Cliff räusperte sich: »Joseph, lass mich das machen. Jetzt hören Sie mal, Mr Jones, mir wurde versichert …«

Er legte seinen Kugelschreiber hin. »Neue Vorschriften, Dr. Cliff, unter der Shorefield-Verordnung. Weil diese gefährlichen bösartigen Unsichtbaren jetzt in so großen Mengen überall rumgeistern, wurd' das Verfahren beschleunigt. Jetzt trifft ein qualifizierter Techniker wie meine Wenigkeit alle Entscheidungen darüber, wer behandelt werden muss und wer nich'. Ich hab mir die Akte angeguckt und meine Entscheidung steht fest. Also, wenn es keine erdrückenden Beweise gibt, die mich vom Gegenteil überzeugen, würd' ich vorschlagen, dass wir die zwei schnellstens ins Krankenhaus überweisen.«

»Doch, es gibt Beweise! Eine ganze Menge sogar!« Ich drehte mich zu Dr. Cliff. »Wir sind Ihre Liste Punkt für Punkt durchgegangen und können beweisen, dass Klaris nichts davon getan hat. Na ja, jedenfalls das meiste nicht.«

Dr. Cliffs Blick wanderte von mir zu Mr Jones. Sein Gesichtsausdruck wechselte von wütend zu verwirrt über ernüchtert bis zu unglaublich müde.

Floh meldete sich zum ersten Mal zu Wort. »Wir dachten, jemand würde versuchen ihr das alles anzuhängen, aber es … oh, bitte, können wir es Ihnen zeigen, dann verstehen Sie alles?«

Mr Jones sah mit zusammengekniffenen Augen auf seine Uhr. »Also, nur wenn es nich' zu lange dauert. Ich muss euch zwei Jungs vor fünf im Krankenhaus abliefern. Sonst werd ich nich' bezahlt.«

Punkt eins

Floh ging zur Tür: »Also dann los, wir müssen uns eine Menge ansehen. Als Erstes das Auto meines Dads.«

Floh marschierte voran und wir folgten ihm alle nach draußen in die Auffahrt, wo wir uns neben Dr. Cliffs grauer Familienkutsche aufreihten.

»Punkt eins auf Dads Liste«, sagte Floh, »ist das Einschalten und Nicht-wieder-Ausschalten der Autobeleuchtung.«

Mr Jones nickte. »Ah ja, das ist ganz typisch für Unsichtbare.«

»Dr. Cliff«, sagte ich, »rauchen Sie?«

»Was? Nein, natürlich nicht, ich bin Arzt. Schreckliche Angewohnheit.«

»Floh, mach die Autotür auf«, bat ich ihn. Da die Batterie leer war, musste Floh den Schlüssel ins Schloss stecken und ihn umdrehen.

Wir guckten alle hinein.

»Und?«, fragte Dr. Cliff.

»Mach den Aschenbecher auf.«

Floh setzte sich auf den Fahrersitz und klappte ihn auf. Er war randvoll mit Kippen.

»Habt ihr Jungs gepafft?«, fragte Mr Jones.

»Nein, nicht wir – Mrs Cliff, Flohs Mum«, erklärte ich. »Da ihr alle wegen dem Rauchen in den Ohren liegt, macht sie es heimlich – aus Fenstern, im Garten und manchmal setzt sie sich ins Auto, um nachts eine Zigarette zu rauchen. Sie hat mir erzählt, dass sie die Innenbeleuchtung anmacht. Und manchmal vergisst sie sie wieder auszuschalten, wenn sie fertig ist. Und deshalb entlädt sich die Batterie.«

Mr Jones nickte. »Verstehe. Ist logisch. Na schön. Eins zu null für euch zwei. Ich streiche das von der Liste.«

Punkt zwei

»Folgen Sie mir für Punkt zwei!« Floh reichte seinem Vater die Schlüssel und marschierte zurück ins Haus und die Treppe hoch.

Er blieb vor Dr. Cliffs Arbeitszimmer stehen und wartete, bis wir aufgeschlossen hatten, dann traten wir hintereinander in die Dunkelheit. Die schweren Vorhänge waren nur ein paar Zentimeter aufgezogen und Staubkörner tanzten in einem dünnen Streifen Sonnenlicht. Auf Dr. Cliffs Eichenschreibtisch stapelten sich turmhoch die Krankenakten, und dreckige Kaffeetassen füllten die Lücken dazwischen. Ich suchte nach dem Hochzeitsfoto, das ich am Vortag gesehen hatte, aber es war verschwunden. Ich brauchte immer noch etwas, um die letzte Anschuldigung zu erklären. Doch es gab nichts, jedenfalls nichts, das ich sehen konnte, und Floh fing an zu sprechen.

»Punkt zwei: das Rätsel des geschrumpften Stethoskops.«

Es klopfte an die Tür und Po kam mit mürrischer Miene herein.

»Mr Jones, das ist meine Schwester Po, äh, Prudence Cliff.«

»Wird das lange dauern, Floh?«, fragte sie. »Ich hab noch was anderes zu tun.« Dann hustete sie, ein langes, hartes Husten, das schmerzvoll klang.

»Danke, Po, das reicht schon.«

»Das is' aber ein grauslicher Husten«, sagte Mr Jones, als Po das Zimmer verließ. »Nur gut, dass ihr 'nen Arzt im Haus habt, was? Und, wie is' Ihre Diagnose?«

»Äh …« Dr. Cliff rieb sich den Nacken. »Ich musste keine Diagnose stellen, weil es sich um eine einfache Infektion der oberen Atemwege handelt, verursacht von einem Virus, der gerade umgeht.«

»Wie, Sie ham ihr nich' mal die Brust abgehört?« Mr Jones blickte überrascht. »Ich dachte, das machen Ärzte immer.«

»Nein, diesmal nicht«, blaffte Dr. Cliff ihn an.

»Das ist das Problem«, erklärte Floh. »Dad wollte ihren Husten nicht ernst nehmen und Po mag es gar nicht, wenn man sie links liegenlässt. Und deshalb hat sie ihm einen kleinen Streich gespielt.«

Ich nahm das verkrüppelte Stethoskop vom Schreibtisch.

»Dr. Cliff ist davon ausgegangen, dass sich Klaris hieran zu schaffen gemacht hat«, sagte ich. »Aber eigentlich war die Lösung viel einfacher. Po ist es gewesen, Dr. Cliff. Als Beweis hat sie mir den Kleber gegeben, mit dem sie es wieder zusammengeklebt hat.« Ich hielt die kleine Tube hoch.

»Gut gemacht, Jungs«, sagte Mr Jones. »Na, dann steht's jetzt wohl zwei zu null für die Kleinen.« Er sah auf seine Uhr. »Aber die Zeit wird knapp, können wir das vielleicht 'n bisschen beschleunigen?«

»Ja, wir beeilen uns«, erwiderte Floh. »Kommt alle mit mir mit.«

Punkt drei

Wir trotteten alle wieder nach draußen und Floh führte uns zu dem alten Kaninchenstall, der immer noch an seinem alten Platz neben dem Schuppen stand.

»Punkt drei, der Mord an dem Kaninchen Barry White«, verkündete ich. »Ruf die Zeugen auf, Floh.«

Floh pfiff und die Hunde kamen um die Ecke zu uns herübergezottelt. Henry wedelte zufrieden mit dem Schwanz und Annie wirkte müde von der Hitze.

»Dr. Cliff glaubt, dass die Hunde unter Klaris' Einfluss Barry getötet haben«, sagte ich.

Mr Jones nickte: »Kommt viel häufiger vor, als man denkt. Unter dem Einfluss eines bösartigen Unsichtbaren kann sogar der beste Freund des Menschen zu einem wilden Biest werden.«

»Dr. Cliff«, sagte ich. »Annie und Henry sind doch Ihre Hunde, oder?«

Flohs Dad nickte. »Also, eigentlich gehören sie der ganzen Familie, aber sie betrachten mich auf jeden Fall als das Leittier.«

»Und sie tun alles, was Sie sagen?«

»Na ja, der Labrador ist von Natur aus ein folgsamer Hund. Von daher würde ich sagen, ja.«

In diesem Moment tauchte Rocky auf. Er hatte einen kleinen, quadratischen Käfig bei sich. Den stellte er auf den Boden, nahm dann einen schläfrigen Goldhamster aus seinem flauschigen Bett und reichte ihn mir. »Dein ergebener Diener, zu deinen Diensten, mein Herr und Meister.« Er verbeugte sich vor mir.

»Danke, Rocky.«

»Ich brauche ihn in einer halben Stunde zurück, bevor Gregs Schwester vom Schwimmen nach Hause kommt«, sagte er. »Beeilt euch also.«

»Viel Glück«, flüsterte ich dem Hamster zu, setzte ihn hinten im Kaninchenstall auf das Stroh und machte die Gittertür zu.

»Und jetzt, Dr. Cliff, möchten wir, dass Sie den Hunden befehlen den Hamster zu fressen.«

Dr. Cliff blickte entsetzt. »Nein, das kann ich doch nicht tun.«

Floh legte seinem Vater eine Hand auf den Arm. »Mach schon, Dad, bitte. Tu's für mich. Es wird alles gut, versprochen.«

Er zögerte.

»Wenn es für den Hamster brenzlig wird, können Sie sie sofort zurückpfeifen«, beruhigte ich ihn.

Dr. Cliff sah immer noch nicht ganz überzeugt aus, doch er seufzte: »Oh, na gut.«

Ich öffnete die Stalltür und Dr. Cliff ermutigte Annie und Henry widerwillig, die Köpfe hineinzustecken. »Los, Hunde, sucht.«

Das musste er Annie und Henry nicht zweimal sagen. Sie stellten sich auf die Hinterbeine und schnupperten eifrig im

Innern der Stallbox herum. Henry stöberte den Hamster als Erster auf. Er hatte sich im Stroh zusammengerollt und war wieder eingeschlafen. Ich hielt den Atem an.

Henry beschnupperte den Hamster immer noch von allen Seiten, als sich Annie ihm anschloss. Sie wedelten völlig synchron mit den Schwänzen und fingen dann an den kleinen Nager abzuschlecken.

»Sagen Sie es Ihnen noch mal«, forderte ich Dr. Cliff auf.

»Fass, Henry, fass, Annie«, sagte er traurig, »fresst den Hamster.«

In dem Moment zog Henry mit einem Ruck den Kopf weg und jaulte laut. Dann kehrte er zu Dr. Cliff zurück, dicht gefolgt von Annie.

Wir konnten einen kleinen Blutstropfen sehen, der sich auf Henrys schwarzer Nase gebildet hatte.

»Jetzt steht's wohl eins zu null für den Hamster«, lachte Mr Jones. »Mein Digger hätt dem mit einem Bissen den Garaus gemacht. Diese beiden sind nich' gerade aggressiv, was?«

»Labradore züchtet man nicht zur Aggressivität heran«, gab Dr. Cliff steif zurück.

»Sehen Sie«, sagte ich. »Die Hunde lieben Sie. Wenn sie etwas nicht töten, obwohl Sie es ihnen befohlen haben, ist es doch eher unwahrscheinlich, dass sie es für Klaris tun würden, meinen Sie nicht?«

Floh setzte den Hamster wieder in seinen eigenen Käfig.

»Hm, der Tod des Kaninchens bleibt also ein Rätsel«, sagte Mr Jones.

»Nein, eigentlich glauben wir zu wissen, wer es war«, erwiderte ich, während ich ihm das verschwommene Foto hinhielt, das ich am Anfang der Woche vom Apfelbaum aus gemacht hatte.

»*Vulpes vulpes*«, erklärte Floh. »Der einheimische britische Fuchs. Der hier wurde dabei beobachtet, wie er vor ein paar Tagen den Garten hinterm Haus nach etwas zu fressen durchstöberte. Er kommt ganz bis zum Haus, um unsere Mülltonnen zu durchwühlen. Wir glauben, dass er eines Nachts den armen Barry White durch die offene Verandatür erspäht und seine Chance gewittert hat.« Er schüttelte den Kopf. »So etwas müssen wilde Tiere tun, um zu überleben.«

»Also«, sagte Mr Jones, »drei zu null. Ihr zwei habt eure Hausaufgaben gemacht, das muss ich euch schon lassen. Aber ich hab nich' mehr viel Zeit, können wir also weitermachen?«

Punkt vier

Floh führte uns schnell ins Wohnzimmer, wo er ein Buch vom Regal nahm: *Woods Handbuch für Hundezüchter.*

»Punkt vier: die betrunkenen Hunde.«

»Die Person, die dafür verantwortlich ist …«, setzte ich an, aber da kam Rocky ins Zimmer – ohne den Hamster.

»Ich war's, Dad.«

Dr. Cliff lief puterrot an. »Du? Du hast den Hunden Whisky gegeben? Du dummer, dummer Junge! Du musst doch wissen, was Alkohol anrichten kann.«

»Lassen Sie ihn das Ganze erklären«, sagte ich. »Bitte.«

Also erzählte Rocky seinem Vater, wie er Whisky in ihre Näpfe getan hatte, um sie in Stimmung zu bringen.

»Aber ich verstehe immer noch nicht, warum du das getan hast«, sagte sein Vater. »Wolltest du so dringend, dass sie Junge bekommen?«

Rocky zuckte mit den Achseln. »Nein, ich mag Hunde nicht mal besonders.«

»Warum dann?«

Rocky sah mich, Floh und Mr Jones an und einen Moment lang dachte ich, dass es ihm zu unangenehm und peinlich war, vor anderen Leuten darüber zu reden. Doch dann antwortete er: »Weil die Hunde das Einzige sind, wofür du dich interessierst, Dad, und ich wollte, dass du zur Abwechslung mal glücklich bist.« Er drehte sich um, marschierte aus dem Zimmer und ließ Dr. Cliff mit offenem Mund stehen.

Floh wandte sich an Mr Jones. »Vier zu null«, sagte er mit einem Lächeln. »Alle Mann hier lang.«

Und so marschierten wir mit Dr. Cliff, der den Tränen nahe war, nach draußen und folgten Floh in den Garten und um die Ecke zur Rückseite des Schuppens.

Punkt fünf

»Punkt fünf«, verkündete Floh. »Klaris' eingeritzter Name in der Schuppenwand.«

»Also, das passt jetzt total zum Profil des typischen bösartigen Unsichtbaren«, erklärte Mr Jones. »Sie hinterlassen gern ihr Markenzeichen.«

»Wieder falsch«, erwiderte Floh. »Es waren die Zwillinge – meine Brüder William und Edgar. Joseph und ich waren am Montagabend draußen im Garten und haben sie hinter den Schuppen verschwinden sehen, wo sie etwa zehn Minuten geblieben sind.«

»Das beweist gar nichts«, gab Mr Jones zurück. »Das könnt' reiner Zufall sein.«

»Ja«, sagte ich. »Deshalb habe ich das hier – ein von Wills unterschriebenes Geständnis. Aber zuerst habe ich ihn gebeten Klaris' Namen zu schreiben. Sehen Sie«, ich zeigte unten auf das Blatt.

CLARIS

»Er hat es falsch geschrieben«, erklärte ich.

»Und wir wissen, dass Klaris das nie tun würde«, fügte Floh hinzu.

»Na ja, das werden wir dir wohl einfach glauben müssen, junger Mann«, sagte Mr Jones. »Aber ja, ihr habt's wieder geschafft. Es steht also …«

»Fünf.«

»Ja, fünf zu null für euch.«

Floh grinste und ich erlaubte mir ein kleines Lächeln. Es lief so gut, dass ich völlig aus dem Häuschen gewesen wäre, wenn ich mir nicht wegen Punkt sieben Sorgen gemacht hätte.

»Los, Leute«, sagte Floh. »Die nächste Station ist nicht weit.«

Punkt sechs

Floh führte uns zum Blumenbeet auf der anderen Seite des Gartens.

»Punkt sechs: Abwanderung«, sagte ich. »Dr. Cliff hat ABUP auch deshalb eingeschaltet, weil er herausgefunden hat, dass Klaris mit mir spricht.« Ich sah zu Floh, der mir ein kleines, aufmunterndes Lächeln schenkte. »Das streite ich nicht ab.«

Mr Jones schüttelte den Kopf. »Dann also endlich ein Punkt für die Erwachsenen?«

»Nein, tut mir leid. Denn ich bin nicht der Einzige. Sehen Sie, im Laufe der letzten paar Jahre ist Klaris nicht nur mit mir in Kontakt getreten, sondern auch mit … – okay, ich habe versprochen keine Namen zu nennen – also mit noch einem der Cliff-Kinder. Klaris war jedenfalls eine Weile da und ist dann wieder gegangen, und sie ist nie gefährlich geworden oder hat rumgenervt. Laut diesem anderen Familienmitglied haben sie einfach nur zusammen gespielt. Auch wenn es davon natürlich kein Foto gibt, kann ich es vielleicht trotzdem beweisen. Sie haben nämlich in den Blumenbeeten herumgewühlt, um nach interessanten Sachen zu suchen, und ihre ›Schätze‹ – so haben sie sie genannt – anschließend in kleine, bemalte Schachteln gesteckt und wieder eingegraben.«

Floh war einen Moment lang verschwunden, kam aber mit einer Schaufel zurück.

»Wenn wir die Schachteln wiederfinden, ist das ein Beweis, dass Klaris' ›Abwandern‹ lediglich bedeutet, dass sie sich gern mit anderen Leuten anfreundet, und nicht, dass sie bösartig wird.«

Ich reichte Mr Jones die Schaufel.

»Könnten Sie bitte anfangen hier zu graben? Die Schachteln dürften nicht sehr tief liegen.«

An der Stelle, die ich ihm gezeigt hatte, bohrte Mr Jones die Schaufel in die harte Erde. Er musste Wurzeln durchbrechen und Steine entfernen, doch in knapp zehn Zentimetern Tiefe stieß er auf eine halb zerfallene Pappschachtel. Der Deckel war eingesunken und grau von der Erde, aber man konnte gerade so ein aufgemaltes Muster und einen Schriftzug ausmachen. »Unser Schatz. Gehört Klaris und mir. Finger weg!«

»Los«, forderte ich ihn auf. »Machen Sie sie auf.«

Er hob den Deckel und in der Schachtel lag ein makellos weißer, herzförmiger Stein.

Mr Jones nickte. »Sehr gut, Jungs. Sechs zu null für euch. Wenn's das war, müssen wir jetzt aber 'nen Zahn zulegen. Ich muss noch 'ne Menge Papierkram erledigen. Gehen wir also wieder rein, während ich mich darum kümmere, ja?«

Punkt sieben

Wir gingen zurück ins Haus und diesmal folgten Floh und ich Mr Jones und Dr. Cliff. Ich war vor Freude ganz aus dem Häuschen. Ich wusste, wir hatten es geschafft. Mr Jones hatte die ganze Zeit ein Lächeln im Gesicht gehabt und ich konnte mir nicht vorstellen, dass der letzte Punkt noch zu einem Problem werden würde. Er konnte uns nicht kappen lassen, nur weil es zwischen Dr. Cliff und seiner Frau gerade nicht so gut lief.

Doch Floh hatte offenbar nicht vor, irgendetwas dem Zufall zu überlassen. Als wir wieder im Wohnzimmer waren und Mr Jones seine Formulare durchsah, erklärte Floh: »Wir müssen noch Punkt sieben klären: Eheprobleme.«

»Hm?«, sagte Mr Jones.

»Es ist die letzte Sache auf der Liste.«

Er warf einen Blick in seine Unterlagen. »Oh, ja, du hast Recht. Dann schieß mal los. Wenn wir schon mal dabei sind, können wir das auch gleich abhaken.«

Ich atmete tief durch, unsicher, was ich als Nächstes sagen würde. Aber bevor ich auch nur einen Laut von mir geben konnte, fing Floh an zu sprechen.

»Der Punkt ist schwer zu erklären, Dad, weil wir Kinder sind und uns mit so was noch nicht auskennen. Aber uns ist klar, dass du Angst hast, Mum könnte irgendwann die Nase voll haben und dich verlassen. Deshalb habe ich heute im Krankenhaus angerufen und sie gefragt, was einen perfekten Ehemann ausmacht. Und sie hat gesagt, dass sie schon zufrieden wäre einen Mann zu haben, der nicht ständig schlecht gelaunt ist und sich ab und zu die Zeit nimmt, sich mit ihr zu unterhalten, anstatt Nachrichten zu gucken. Sie würde auch gern mal gemeinsam ins Restaurant gehen. Und da war noch was anderes, ähm … Ah, jetzt weiß ich's wieder. Sie hat gesagt, dass ein perfekter Ehemann seiner Frau eine Tasse Tee ans Bett bringt. Und das hast du anscheinend schon seit 1998 nicht mehr gemacht. Da siehst du's, Dad, es ist nicht Klaris, die eure Ehe kaputt macht, sondern du.«

Mr Jones nickte. »Kluge Worte von dem kleinen Mann. Man muss sich für seine Ehe ins Zeug legen. Was hätte wohl der King of Rock 'n' Roll zu dem Thema gesagt, frage ich mich?« Er stand auf, stellte sich breitbeinig hin und schloss einen Moment lang die Augen. Dann kräuselte er die Oberlippe, atmete tief durch, schlug die Augen wieder auf und sang zur Melodie von *Blue Suede Shoes*:

Sie woll'n keinen Zoff
Dann hör'n Sie gut zu
Damit Ihre Liebe
Wächst immerzu

Doch bitte
Schauen Sie nicht bloß fern
Denn wenn Sie gar nichts tun
Dann hat sie Sie bald nicht mehr gern

Bringen Sie Tee
An ihr Bett
Schön essen gehen
Wäre auch mal nett

Also tun Sie alles, was sie will
Denn lieber Doktor
Sonst bleibt nicht viel

Doch bitte
Schauen Sie nicht bloß fern
Denn wenn Sie gar nichts tun
Dann hat sie Sie bald nicht mehr gern

Denn sie putzt Ihr Haus
Und Ihr Auto sogar
Kocht Marmelade
Das ist wunderbar

Also tun Sie alles, was sie will
Denn lieber Doktor
Sonst bleibt nicht viel

Doch bitte
Schauen Sie nicht bloß fern
Denn wenn Sie gar nichts tun
Dann hat sie Sie bald nicht mehr gern

Rocky und Po waren hereingekommen, um ihn singen zu hören. Er klang wirklich wie Elvis Presley, und als Mr Jones fertig war, klatschten wir alle und er verbeugte sich und sagte: »Dangedangedangedange.«

Floh umarmte erst seinen Dad und dann mich und sagte mit Tränen in den Augen: »Wir haben es geschafft!«

Mr Jones strich sich die Tolle nach hinten und fing an in seiner Tasche zu kramen. »Ja, das habt ihr sehr gut gemacht, Jungs«, lobte er uns.

»Dann können wir jetzt also gehen?«, fragte Floh. Er lächelte so breit, dass ich Angst hatte, sein Gesicht könnte jeden Augenblick bersten.

»Nein, tut mir leid«, antwortete Mr Jones und zog eine schwere Akte heraus. »Da is' nämlich noch das hier alles.«

Einmal draufhalten und weg isses

Er reichte mir die Akte. Sie war mehrere Zentimeter dick und bestand aus E-Mails, getippten und handgeschriebenen Briefen sowie gekritzelten Notizen – wichtige Stellen waren mit pinkfarbenem Marker hervorgehoben.

Diese Klaris IST eine DIEBIN

»Zuerst dachte ich, es wäre ein technischer Fehler, aber dann ist mir klar geworden, dass meine Computerprobleme angefangen haben, als Klaris bei der Cliff-Familie gleich am Ende der Straße eingezogen ist. Ich habe mit meinem Internet-Provider gesprochen, der mir bestätigt hat, dass ihre Geräte einwandfrei funktionieren …«

„Ich hatte nie Kopfschmerzen, bis ich dem Cliff-Jungen auf der Hauptstraße begegnet bin. Er hat mich ganz merkwürdig angesehen und seitdem habe ich ständig einen pochenden Schmerz in den Schläfen. Die Ärzte können nichts mehr für mich tun, sagen sie ..."

„WENN SIE NICHTS GEGEN KLARIS CLIFF UNTERNEHMEN, NEHMEN WIR DAS IN DIE HAND."

Meine Hände zitterten, als ich die Akte wieder hinlegte. Floh taumelte leicht und ich konnte spüren, wie Klaris mit mir redete.

»Versteht ihr«, erklärte Mr Jones, »der Gemeinderat kann die vielen Beschwerden nich' einfach ignorieren. Denn was is', wenn irgendwas Schlimmes passiert? Hmm? Was würden die Leute dann sagen? Na, is' doch klar, sie würden uns die Schuld geben.«

Dr. Cliffs Gesicht war jetzt grünlich gelb, wie ein verblassender blauer Fleck, und er sah so hilflos aus, wie wir uns fühlten.

Mr Jones drehte sich zu ihm. »Aber weil Sie der Vater sind, würd' man natürlich vor allem Ihnen die Schuld geben.«

»Warum zum Teufel haben Sie sich dann von den Jungs all das zeigen lassen?«, blaffte Dr. Cliff ihn an und seine Wangen bebten vor Wut.

»Oh, das sind die Vorschriften. Wir müssen uns das ganze Beweismaterial genau ansehn. Wär sonst nich' fair.« Er rieb sich die Hände und lächelte. »Also gut, weiter geht's. Als Mediziner, Dr. Cliff, muss ich Ihnen doch nich' erklären, dass Sie sich wegen dem Eingriff keine Sorgen zu machen brauchen. Is' genau, wie wenn man 'ne Eiterbeule aufsticht. Sogar noch harmloser, weil's kein Eiter und kein Blut gibt. Einmal draufhalten und weg isses.«

Aber ich hörte nicht zu. Ganz gleich welche Beweise wir gefunden hätten, es hätte nie ausgereicht, weil das ganze Dorf gegen uns war.

Mr Jones holte noch mehr Formulare aus seiner Tasche und füllte sie langsam aus. Ich hatte das Gefühl, als hätte sich mein Magen von innen nach außen gestülpt, und bei dem ganzen Adrenalin, das mir durch Arme und Beine schoss, war es mir unmöglich, still zu sitzen. Also stand ich auf und bemerkte dabei, dass sich vor dem Fenster etwas regte.

Es war Rocky, der draußen in der Auffahrt auf und ab sprang und wie ein Vollidiot grinste. Er hielt etwas in der Hand, das wie ein Stück Draht aussah. Mit der anderen machte er das Daumen-hoch-Zeichen.

»Es is' wirklich ganz harmlos, Dr. Cliff. Sie suchen bloß den Ort, wo sie sitzen, und schrumpfen ihn, um neue Probleme zu vermeiden. Sie müssen sich also keine Sorgen machen. Überhaupt keine. Wenn ich die zwei in ein paar Stunden zurückbring, werden sie bloß ein bisschen Kopfweh und zusammengenommen nicht mehr Fantasie als eine Kartoffel haben.«

Er drehte sich zu uns. »Klingt das nich' super, Jungs?«

»Klasse«, sagte ich. »Kann ich als Erster drankommen?«

Mr Jones kicherte. »Das wird leider das Krankenhaus entscheiden müssen. Aber wenn du willst, kann ich ein gutes Wort für dich einlegen.«

Dr. Cliff räusperte sich. »Aber wir können doch bestimmt …« Doch Mr Jones hatte Floh und mich bereits gepackt und zerrte uns nach draußen vors Haus.

Flohs Gesicht war starr vor Angst. Ich nahm seine Hand und drückte sie, konnte ihm aber nicht sagen, was Rocky getan hatte, weil ich es selbst nicht wusste. Ich verließ mich auf sein Talent, Sachen kaputt zu machen, und war daher recht zuversichtlich.

»Jetzt hören Sie doch, bevor Sie sie irgendwohin mitnehmen …«, versuchte es Dr. Cliff noch einmal, aber es war offensichtlich, dass für Mr Jones die Zeit zum Reden vorbei war.

Das Elvismobil war neben Dr. Cliffs Wagen geparkt. Es war silbern und auf der Seite klebte ein Bild von Mr Jones in einem weißen, paillettenbesetzten Anzug mit einem riesigen 70er-Jahre-Kragen. Er öffnete hinten die Doppeltüren.

»Rein in den Tourbus, Jungs. Macht's euch bequem.« Wir sahen hinein, aber es gab keine Sitze. Mr Jones bemerkte Dr. Cliffs entsetzten Gesichtsausdruck. »Es is' nich' weit. Meine

Jungs lieben es, hinten rumzuspringen. Hat ihnen bisher nie geschadet.«

»Nein, nein, nein«, widersprach Dr. Cliff. »Das kann ich nicht erlauben.«

Doch Mr Jones schubste uns hinein und knallte die Türen zu.

Von drinnen im Wagen konnte ich hören, wie Flohs Vater endgültig die Beherrschung verlor. »Machen Sie sofort die Türen auf, verdammt noch mal! Ich habe gute Beziehungen im Krankenhaus und ich verbiete Ihnen diese Kinder mitzunehmen, bis ich mit Ihrem Vorgesetzten gesprochen habe.«

»Sie *verbieten* es mir?«, prustete Mr Jones. »Diese Klaris is' ein Parasit und meiner professionellen Meinung nach müssen die Jungs unter den Bräter.« Er öffnete die Fahrertür. »Und wenn ich sie nich' im Krankenhaus abliefere, werd ich nich' bezahlt. Gehn Sie also aus dem Weg, alter Mann, und lassen Sie mich meinen Job machen.«

Der Transporter schwankte, als er sich reinsetzte und die Tür zuknallte. Dem folgte der Lärm von Dr. Cliffs Fäusten, die gegen die Tür trommelten, und sein Gebrüll: »Machen Sie auf! Ich verlange, dass Sie die Jungs herauslassen!«

Floh kauerte sich neben mich auf den Radschutz und ich hielt den Atem an, als Mr Jones den Schlüssel ins Zündschloss steckte und drehte. Ein Klicken war zu hören und dann Stille.

»Was zum …«, schimpfte er und versuchte es noch einmal. Nichts.

Er stieg aus. »Dr. Cliff, wie's aussieht, ham wir ein kleines

Problem. Würd's Ihnen was ausmachen, mir Starthilfe zu geben?«

Flohs Vater lachte. »Sie haben es doch gesehen. Die Batterie meines Autos ist leider wie immer leer.«

Mr Jones fluchte leise über fehlenden Handyempfang und Leute, die am verdammten Ende der Welt lebten, als er nach hinten kam.

»Ich lass die zwei raus, während ich von Ihrem Telefon aus die Werkstatt anrufe, aber nur weil's so heiß ist. Da drin verbrutzeln sie sonst.«

Er drehte sich zu uns und sagte drohend: »Aber denkt nich' mal dran, abzuhauen. Ihr seid immer noch fällig.«

»Keine Sorge«, antwortete ich. »Wir würden das auf keinen Fall verpassen wollen.«

Ein entferntes Wuff

Dr. Cliff saß mit uns am Küchentisch, das Gesicht in den Händen vergraben. »Ich hatte keine Ahnung. Ich dachte … Ich dachte, es wäre bloß ein Gespräch, höchstens ein paar vorläufige diagnostische Tests. Ich wusste nichts von diesen Briefen. Mir ist zwar aufgefallen, dass die Leute sich mir gegenüber merkwürdig verhalten, und ich verliere schon seit Monaten Patienten, aber ich hab nicht verstanden, warum.« Er putzte sich die Nase. »Ich fass es nicht. Sie geben ihr für alles, was im Dorf schiefgelaufen ist, die Schuld.«

Er sah mich an, seine müden Augen voller Tränen. »Ich muss zu deinem Vater gehen, Joseph. Ich hätte den Gemeinderat nie kontaktieren dürfen, ohne vorher mit ihm zu reden. Das ist unverzeihlich. Ich geh jetzt zu ihm rüber. Wenn ich ihm alles erkläre, wird er es bestimmt verstehen. Warte du erst mal hier.«

Ich hielt ihn nicht auf, obwohl ich wusste, dass mein Dad mittlerweile losgefahren war, und es gab keine Möglichkeit, ihn zu kontaktieren, nachdem sein Handy vorhin ein Seifenbad genommen hatte.

Rocky pfiff lange und tief.

»Das war knapp, Joseph, alter Kumpel. Wie gut, dass ich immer *Die Schule der Diebe* gucke, sonst würdest du jetzt unter dem Bräter liegen.«

»Ja, ich bedanke mich. Aber was hat *Die Schule der Diebe* damit zu tun?«

»Na ja, ich hab versucht seinen Transporter kurzzuschließen und damit wegzufahren, aber dabei ist mir was abgebrochen.«

»Und was macht ihr jetzt, du und Floh?«, fragte Po. »Er wird schon bald eine andere Möglichkeit finden, euch zum Krankenhaus zu bringen.«

»Keine Ahnung«, erwiderte ich. »Auf ein Wunder warten? Weglaufen?«

»Die Idee hatte wohl schon jemand anders«, sagte Rocky und wies mit dem Kopf auf den leeren Stuhl, auf dem Floh gesessen hatte.

»Er ist wahrscheinlich auf dem Klo«, erwiderte Po. »Er wird gleich wieder zurück sein.«

»Nö«, meinte Rocky. »Außer er pinkelt seit neustem an der frischen Luft. Ich hab gesehen, wie er vor zwei Minuten am Fenster vorbeigelaufen ist. Der hat sich hundertpro aus dem Staub gemacht.«

»Die Hunde sind auch weg«, bemerkte Po.

»Er hat große Angst«, erklärte ich. »Wir sollten rausgehen und ihn suchen.«

»Okay«, sagte Po. »Ich bleibe mit Egg hier, für den Fall, dass er zurückkommt. Ihr zwei geht los und haltet nach ihm Ausschau.«

Nachdem wir das Haus und den Garten abgesucht hatten, rannten wir ins Feld und folgten dem Fußweg, der zur Insel führte. Die Hitze wurde unerträglich und die Luft war voller Gewitterfliegen, die uns in Mund und Nase drangen.

»Bei der Hitze sind die Hunde wahrscheinlich zum Fluss gegangen«, sagte Rocky und spuckte kleine schwarze Punkte aus.

»Echt?«

»Ja, sie gehen total gern schwimmen, wenn es so heiß ist. Aber meinem Dad gefällt das gar nicht, weil das Wasser voller Algen ist. Er sagt, es wäre gefährlich und dass sie leicht in die Tiefe gezogen werden könnten.«

Trotz der Hitze spürte ich, wie mir ganz kalt wurde. Ich dachte immer, so was gäbe es nur in Büchern, aber es passierte wirklich.

»Glaubst du, Floh würde ihnen ins Wasser folgen? Ich meine, wenn ihm jemand, dem er wirklich vertraut, das sagen würde?«

Rocky lachte. »Floh? Mister Ich-geh-auf-Nummer-sicher, der am flachen Ende des Schwimmbeckens Schwimmflügel trägt? Nee, bestimmt nicht.«

Trotzdem legten wir auf dem letzten Stück zum Fluss einen Sprint hin. Als wir dort ankamen, war die einzige Spur von Floh oder den Hunden ein großer, gelber Haufen Durchfall.

»Jetzt wissen wir, wo sie waren«, meinte Rocky. »Annies schlabberige Kacke würde ich überall wiedererkennen. Komm, gehen wir nach Hause, er ist mittlerweile bestimmt zurück.«

Zu Hause angekommen stürmten wir in die Küche und erwarteten Floh zu sehen, aber am Tisch saßen noch immer nur Egg und Po.

»Habt ihr ihn nicht gefunden?«

Ich erzählte ihr von der Visitenkarte, die Annie hinterlassen hatte.

Sie runzelte die Stirn. »War das Boot deines Dads noch da?«

»Wir haben nicht nachgeschaut, aber es muss ja da sein. Es ist angekettet und der einzige Schlüssel ist im Krankenhaus im Innern von Wills.«

Po fing an in der Küche auf und ab zu gehen, dabei fächelte sie sich mit der Liste ihres Vaters frische Luft zu. Egg und Rocky hingen über dem Tisch, völlig erschlagen von der Hitze.

Während wir darauf warteten, dass einer von uns die Initiative ergriff, hörten wir auf einmal in der Ferne einen Knall. Wir sahen einander an. Po sprach aus, was wir alle dachten.

»O Gott. Auf der Insel schießen sie. Was, wenn Floh und die Hunde dort sind und die Jäger sie nicht sehen?« Sie ging zur Tür. »Kommt.«

»Warte«, sagte ich. »Sag lieber deinem Dad Bescheid. Er weiß bestimmt, was zu tun ist.«

Sie schüttelte den Kopf. »Er ist mit Rockys Fahrrad zum Krankenhaus gefahren. Einer seiner Freunde ist dort ein hohes Tier. Er will versuchen eure Kappung zu verschieben, bis sie ordentliche Tests durchgeführt haben.«

»Was ist mit Mr Jones?«

»Die Kfz-Werkstatt sagt, dass sie nicht vor Montag kommen können. Er sah nicht gerade glücklich aus, als er festgestellt hat, dass Floh und du verschwunden seid, und er ist los, um euch zu suchen. Ich glaube, es wäre besser, wenn wir Floh vor ihm finden.«

Sie packte Egg am Arm und er fing an zu jammern: »Ich hab Bauchweh. Ich muss aufs Klo.«

Doch Po zog ihn grob zur Tür. »Du kannst später gehen, Egg. Wir müssen zuerst Floh finden.«

Er fing an zu weinen. »Hör auf! Du tust mir weh!«

Rocky ging dazwischen. »Lass ihn. Ich bleibe hier, während er aufs Klo geht, und wir kommen dann nach.«

Po ließ Eggs Arm los und rannte mit mir im Schlepptau nach draußen. Als wir an unserer Hintertür vorbeiliefen, blieb ich stehen. Ich drückte die Klinke in der Hoffnung, dass mein Dad beschlossen hatte doch nicht wegzufahren. Endlich war ich bereit ihm alles zu erzählen und es ihm zu überlassen, die Sache für mich in Ordnung zu bringen. Aber mein Dad war weg und die Tür abgeschlossen.

Da ich nichts anderes tun konnte, holte ich Po ein und wir rannten zusammen zur Insel. Auf dem ganzen holprigen Weg dorthin wurden die Schüsse immer lauter und häufiger. Doch als die Insel schließlich vor uns auftauchte, hörten wir beide noch etwas anderes – etwas Beunruhigenderes: Bellen.

Po fing an zu rufen: »Floh! Henry! Annie!« Als Antwort kam jedoch nur ein entferntes Wuff.

Ich drehte mich zu Po: »Das könnte ein Jagdhund sein.«

Sie schüttelte den Kopf. »Dad lässt sie nicht mit Hunden auf die Insel, weil sie die brütenden Vögel stören. Es ist auf jeden Fall Henrys Bellen, also ist Floh entweder mit den Hunden da drüben oder …« Po verstummte und blickte in den dunklen, grünen Fluss.

Sie fing an am Ufer entlangzulaufen. »Wir müssen da rüber, bevor irgendjemand verletzt wird.«

»Das geht nicht. Das Boot ist festgekettet.«

»Na und?«

»Es gibt keinen anderen Weg auf die Insel, es sei denn, du willst rüberschwimmen und das Risiko eingehen, zu ertrinken, um die Zahl der Toten noch ein wenig in die Höhe zu treiben.«

»Ich werde bestimmt nicht hier rumsitzen, während Floh in Gefahr ist, Joseph. Es ist nicht weit. Mach, was du willst, aber ich schwimme rüber.«

»Warte! Lass mich erst mal gucken, ob ich das Schloss irgendwie aufkriege.«

Ich kletterte zu dem kleinen Holzboot hinunter und zog an der schweren Kette, in der Hoffnung, das Vorhängeschloss würde sich von allein öffnen.

»Und?«, rief sie hinunter.

»Bombenfest«, antwortete ich. »Hast du eine Haarnadel oder so was, damit ich versuchen kann das Schloss zu knacken?«

In Pos Augen blitzte Verärgerung auf. »Eine Haarnadel? Möchtest du vielleicht auch noch ein Stück Fischbein aus meinem Korsett? Was glaubst du eigentlich, in welchem Jahrhundert wir leben? Und seit wann weißt du, wie man Schlösser knackt?«

»Na ja, tu ich nicht. Aber es sieht im Fernsehen immer so leicht aus.«

Po biss sich auf die Lippe, vermutlich, um mich nicht anzuschreien. Als sie wieder sprach, tat sie es langsam und deutlich.

»Wir werden nicht noch mehr Zeit verschwenden. Mein kleiner Bruder könnte jeden Augenblick erschossen werden und ich schwimme jetzt durch den Fluss. Kommst du mit oder nicht?«

Ich blickte auf die andere Seite des Flusses. Wasserpflanzen durchbrachen in weiten Teilen seine glatte, dunkle Oberfläche wie Eisbergspitzen und ich schüttelte den Kopf. »Nein, keiner von uns sollte das riskieren.«

Sie stöhnte und fing an ihre Schuhe auszuziehen.

»Warte«, sagte ich. »Ich habe eine Idee. Siehst du den Ring, durch den die Kette verläuft? Er ist nur mit ein paar rostigen Nägeln festgemacht. Vielleicht kann ich ihn wegtreten.«

Sie hielt inne. »Okay, ich gebe dir eine Minute«, gab sie zurück. »Danach schwimme ich rüber.«

Ich zog das Boot ganz auf die Böschung, reichte Po die Kette und sagte: »Halt das fest, aber mach dich darauf gefasst, nach hinten zu fallen, wenn sie reißt.«

Ich holte tief Luft, legte die ganze Kraft meines Körpers in die Bewegung und trat mit der Wucht und Präzision eines Weltklassefußballers zu, der bei der Weltmeisterschaft einen Elfmeter schießt. In meinem Kopf jubelte ein imaginäres Publikum auf, als ich das Bein hochwarf, und mein Turnschuh, den ich nicht ordentlich geschnürt hatte, erhob sich wie ein Vogeljunges in die Lüfte und segelte im hohen Bogen auf den Fluss zu. Mehrere gefühlte Sekunden später traf ich schließlich mein Ziel. Als mein Fuß gegen den überraschend harten Metallring prallte, hörte ich ein Knirschen.

Leider kam das Knirschen von meinem Zeh. Der Ring hing weiterhin fest am Boot.

Das Szenario, das ich mir ausgemalt hatte, verschwand umgehend und wurde durch einen Schmerz ersetzt, der alles, was ich je gefühlt hatte, wenn ich mich mal irgendwo gestoßen hatte, im Vergleich wie ein leichtes Kribbeln erscheinen ließ. Ich fiel um und rollte mich eine Weile gequält hin und her, zog dann die Socke aus und rang nach Luft, als ich meinen großen Zeh sah. Er zweigte von den anderen ab, die Haut färbte sich dunkellila und unter meinem Nagel sammelte sich Blut.

»O Gott«, sagte Po. »Was hast du jetzt wieder angestellt?«

»Ich glaube, ich habe ihn brechen hören«, keuchte ich.

»Na, damit ist die Sache klar. Du wartest hier auf die anderen. Ich schwimme rüber.«

Ich wollte widersprechen, aber sie weigerte sich mir zuzuhören. »Es gibt keine Alternative. Und selbst wenn du nicht verletzt wärst, bin ich die bessere Schwimmerin.«

Ich fühlte mich in meinem männlichen Stolz gekränkt und wollte gerade einen Streit mit ihr anfangen, als ein heftiger Stich meinen Zeh durchfuhr und ich mich gleich neben ihren Füßen übergab.

Po trat einen Schritt zurück. »Na toll. Jetzt habe ich Kotze auf meinen Schuhen.«

Sie fing gerade an ihre Taschen auszuleeren und sich fürs Wasser bereit zu machen, als wir hörten, wie sich Schritte näherten. Eine Sekunde später kamen Rocky und Egg um die Ecke und beide hatten sie ein Lächeln im Gesicht.

Im tiefgrünen Netz

Po ging ihnen entgegen. »Habt ihr ihn gefunden?«, fragte sie.

Rocky schüttelte den Kopf, dann bemerkte er mich. »Warum liegst du da rum, Joseph?«

Ich zeigte auf meinen Zeh.

»Bäh, das sieht übel aus, tu ihn weg.«

»Warum guckt ihr zwei so zufrieden?«, fragte Po ihn.

»Na ja, Floh ist zwar nicht wieder aufgetaucht, aber *das* hier.«

Rocky hielt einen Sandwichbeutel mit einem kleinen Schlüssel darin hoch. Es war der Schlüssel fürs Vorhängeschloss.

Ich war verwirrt. »Wo hast du denn den Ersatzschlüssel her?«

Er grinste. »Das ist kein Ersatzschlüssel. Es ist *der* Schlüssel.

»Wills ist zurück? Na, das ist mal perfektes Timing.«

»Falsch. Versuch's noch mal.« Rocky grinste.

Po wurde langsam ungeduldig. »Gib ihn mir einfach, Herrgott noch mal.« Sie schnappte sich den kleinen Beutel. »Warum hast du ihn da reingesteckt?« Sie öffnete den Beutel und machte ihn sofort wieder zu. »Mann, das stinkt!«

Rocky und Egg lachten. »Ich hab ihn mit etwas Klopapier abgewischt«, erklärte Rocky. »Du hättest ihn mal riechen sollen, als er gerade rausgekommen ist.«

»Ich kapier's immer noch nicht«, sagte ich. »Wo hast du ihn her?«

»Ich hab doch auf Egg gewartet, während er aufs Klo gegangen ist.« Ich nickte. »Na ja, ich hab vor der Tür gestanden und gehört, wie er in die Schüssel gefallen ist. Es gab so ein klirrendes Geräusch und da hab ich mir sofort gedacht, was passiert war.«

Ich drehte mich zu Egg. »Dann warst *du* es also! *Du* hast den Schlüssel runtergeschluckt. Warum hast du Wills den Kopf dafür hinhalten lassen?«

Als Antwort blinzelte er langsam mit seinen dunklen Eulenaugen. Ich hätte es mir denken können. Egg und Wills betrachteten sich als eine Person, daher war es nicht wichtig, wer den Schlüssel geschluckt hatte. *Sie* hatten ihn geschluckt und nur darauf kam es an.

»Ich fass es nicht, dass ich das tue«, sagte Po, die mit dem Plastikbeutel das Ende des Schlüssels hielt und ihn in das Vorhängeschloss steckte. Es sprang auf und die Kette rutschte auf den Boden.

Ich konnte nur humpeln, aber Rocky half mir hoch und in das Boot, und Po und Egg stiegen nach uns ein. Es war ganz schön eng und mit dem Gewicht von uns vieren lag der Rumpf nicht mehr als ein paar Zentimeter über dem trüben Wasser.

Po setzte sich in die Mitte, schnappte sich die Ruder von Rocky und fing an uns auf die andere Seite des Flusses zu befördern.

Ich wünschte, ich hätte das in die Hand nehmen können,

doch ich musste zugeben, dass Po ziemlich gut war für ein Mädchen. Während die Ruderblätter durchs Wasser pflügten, traten die Muskeln an ihren nackten Armen ziemlich eindrucksvoll hervor. Mir wurde klar, dass sie vermutlich stärker war als ich, und ich schwor mir ein paar Gewichte zu kaufen, wenn wir es wieder lebend nach Hause schaffen sollten.

Obwohl das moderige Wasser gierig an unserem Boot leckte, machten wir gutes Tempo in Richtung Insel. Doch auf halber Strecke verfing sich eines der Ruder in den Algen und glitt Po aus der Hand.

Während sie es aus dem Wasser fischte, packte Rocky mich am Arm und flüsterte: »Hör mal.«

»Was?«, sagte ich. »Ich hör nichts.«

»Genau«, erwiderte er. Sowohl die Schüsse als auch das Bellen waren verstummt.

»Beeil dich, Po«, drängte ich sie. »Wir müssen so schnell wie möglich da rüber.« Auch wenn das natürlich stimmte, sagte ich es eigentlich nur, um mich selbst davon zu überzeugen, dass Floh auf der Insel war und nicht im Wasser unter uns, gefangen im tiefgrünen Netz.

Wir mussten noch zweimal stoppen, um ein Ruder, das sich verfangen hatte, zu befreien, doch dann hatte Po es geschafft und uns durch den algenreichsten Teil des Flusses manövriert. Und als ich gerade vor lauter Schmerz in meinem Zeh und wegen des Grauens in meiner Brust aufschreien wollte, spürten wir, wie die Unterseite des Bootes über den Boden schrabbte.

Wir hatten Goat Island erreicht.

Rocky und Po halfen mir aus dem Boot zu klettern, aber jetzt hatten wir ein Problem. Da wir weder die Hunde noch die Schüsse hören konnten, wussten wir nicht, in welche Richtung wir gehen und um welchen Teil der Insel wir einen großen Bogen machen sollten.

Ich war erleichtert, als Po wieder das Kommando übernahm. »Halten wir uns am Rand«, sagte sie und wir fingen an im Uhrzeigersinn um die Insel herumzulaufen.

»Floh! Henry! Annie!«, riefen wir und Eggs komisches, hohes Stimmchen schob eine halbe Sekunde später »Wo seid ihr?« oder »Wir sind hier« und einmal »Ich komme« hinterher.

Wir kamen nur sehr langsam voran. Eigentlich hätten wir die Insel in knapp zehn Minuten umrunden müssen, aber ich konnte nur mit Mühe gehen. Rocky hatte mir seine Schulter angeboten und ich lehnte mich auf ihn wie auf eine Krücke. Doch da ich größer und schwerer bin als er, muss es ausgesehen haben, als würden wir bei einem betrunkenen Dreibeinlauf mitmachen. Ich setzte meinen nackten Fuß so wenig wie möglich auf den Boden, aber wenn ich es doch tat, landete er irgendwie jedes Mal auf einem scharfen Stein, einem Dornenzweig oder einem Stück Stacheldraht, so dass er bald von brennenden Stichen und Kratzern übersät war.

Nach einer halben Stunde litten die anderen ebenfalls. Obwohl es schon recht spät war, herrschte eine unerträglich hohe Luftfeuchtigkeit und die Gewitterfliegen vermehrten sich rasant. Das war jedoch das geringste unserer Probleme. Die hohen Gräser und Dornenzweige zerkratzten jedes bisschen nackte Haut und es war offensichtlich auch ein Rekordjahr für Brennnesseln. Daher dauerte es nicht lange, bis wir von schwarzen Punkten, schmerzenden weißen Pusteln und gestrichelten rosaroten, schnittmusterartigen Spuren übersät waren. Aber wir konnten nicht aufgeben. Wir mussten weitergehen und nach Floh rufen, bis wir ihn fanden, irgendwie … na ja, daran versuchte ich erst gar nicht zu denken.

Die Schüsse gingen wieder los, als wir mehr als die Hälfte der Insel umrundet hatten.

Po legte den Kopf schief. »Ich glaube, wir marschieren direkt auf die Jäger zu. Lasst uns nachdenken. Wenn Floh hier ist und nicht am Grund des Flusses, wo könnte er dann hingegangen sein?«

Also, wenn Leute sich nicht entscheiden können, was sie tun sollen, sagt man, sie sind »hin- und hergerissen«. Hier, in diesem Moment, verstand ich, was das wirklich bedeutete. Ich hatte das Gefühl, dass die Moleküle in den beiden Hälften meines Körpers sich in verschiedene Richtungen bewegten und ich entzweigerissen werden würde. Ich wollte uns alle zurück zum sicheren Teil der Insel führen, doch ich hatte mich an mein Gespräch mit Floh erinnert und war mir ziemlich sicher, dass ich wusste, wo er sich versteckte.

Und das bedeutete, dass wir uns direkt in die Schusslinie begeben mussten.

Ganz oben

»Kommt mit«, sagte ich. »Ich glaube, sie sind in der Richtung.«

Po sah mich an, als wäre ich verrückt, folgte mir aber trotzdem. Egg marschierte weiter neben ihr her und starrte mit ausdrucksloser Miene nach vorn. »Keine Sorge«, hörte ich Po zu ihm sagen. »Es ist wie ein Abenteuerspiel.« Sie hielt inne. »Nur dass es diesmal echt ist.«

Ich hörte nicht, ob er antwortete, weil in dem Moment die Luft über unseren Köpfen von Schüssen erfüllt wurde. Es raschelte und knackte, als sich die Zweige über uns teilten und eine tote Taube vor uns auf den Boden knallte.

Egg sah aus, als würde er gleich anfangen zu weinen, doch Po legte den Arm um ihn und sagte: »Weißt du was, wenn wir nach Hause kommen, mach ich uns allen einen Kakao mit extra viel Sahne.«

Egg nickte, trat über den Vogel und sagte: »Wenn Floh tot ist, werd ich ihn, glaub ich, vermissen.«

Und so stolperten wir weiter, duckten uns jedes Mal, wenn ein Schuss ertönte, und waren fast wieder bei unserem Ausgangspunkt angelangt, als Rocky sich mit ängstlichem Blick zu mir drehte. »Ich weiß ja nicht, was du vorhast, Joseph, aber eigentlich möchte ich nicht so gern erschossen werden. Na ja, jedenfalls nicht, wenn ich nicht in einem richtigen Krieg in irgendeiner Wüste oder einem echten Dschungel oder …«

Und dann hörte ich nicht mehr zu, weil mir etwas aufgefallen war.

Es war nicht viel mehr als eine enge Schneise im Unterholz, ein paar weggedrückte oder zertretene Grasbüschel, aber ich wusste sofort, dass wir richtig waren, weil sie direkt zum größten Baum auf der Insel führte; dem Baum, nach dem ich suchte und zu dem Floh laut Klaris gehen sollte, dem verbrannten, halb verrotteten, übel zugerichteten alten Bergahorn.

Ich war daran gewöhnt, ihn von der anderen Seite des Flusses zu sehen, doch aus der Nähe bot er einen noch seltsameren Anblick. Eine tiefe Kerbe durchzog den verkohlten Stamm, wo der Blitz versucht hatte den Baum entzweizuspalten. Schwarze, splitterige Finger spreizten sich nach links und markierten die Stelle, wo in jener Nacht ein riesiger Ast herausgerissen worden war. Die Äste auf der rechten Seite waren jedoch von dem Feuer unberührt geblieben und dort raschelten jetzt vertrocknete Blätter und Büschel bumerangförmiger Samen, die letzten Früchte des Baums, in der stärker werdenden Brise.

Mit zusammengebissenen Zähnen ließ ich Rocky los und legte eine Art humpelnden Endspurt hin, bei dem ich über meine eigenen Füße zu stolpern drohte, doch ich konzentrierte mich nur auf die schwarzen Gestalten, die am Fuß des Baums hechelten und mit den Schwänzen wedelten. Das plötzliche brennende Gefühl in meinem Hintern bemerkte ich kaum, weil ich mir um etwas viel Wichtigeres Sorgen machen musste: Floh war nicht bei ihnen.

»Floh!«, rief ich und blickte mich voller Panik um. »Floh!«

Er ist also doch ertrunken, dachte ich. Die Algen hatten ihn unter Wasser gezogen und wir waren vermutlich direkt über ihn hinweggerudert.

»Wo ist er?«, brüllte ich die Hunde verzweifelt an. »Sagt's mir, ihr dämlichen Köter!« Sie sahen einen Moment lang in meine Richtung und hoben dann ihre Schnauzen zur Baumkrone.

Also sah ich auch hinauf und da, in der Krümmung eines hohen Astes, von ein paar handförmigen, toten Blättern verborgen, saß Floh.

Seine Kleider waren nass und sein helles Haar war dunkel und voller Grünzeug. Sein Gesicht war schmutzig und er hielt die Augen geschlossen. Aber als wir seinen Namen riefen, wachte er auf.

Er blickte ein wenig verwirrt, riss dann ängstlich die Augen auf und rief: »Habt ihr ihn hierhergebracht? Den Mann, der Klaris auslöschen will?«

»Nein, er ist nicht hier. Es sind nur wir. Versprochen. Du kannst jetzt runterkommen«, sagte ich.

»Noch nicht. Klaris sagt, du musst hier hochkommen. Du wolltest ihr nicht zuhören, deshalb muss sie es dir zeigen.«

»Ich kann nicht, Floh«, rief ich hoch. »Es ist echt gefährlich hier. Wir müssen zurück nach Hause. Dein Dad versucht die Sache wieder in Ordnung zu bringen. Es wird alles gut. Bitte komm runter.«

»Nein. Du musst hochklettern.«

»Floh. Ich hab mir den Zeh verletzt und …« Ich fasste mir an den Hosenboden, und als ich meine Hand zurückzog, war sie voller Blut. Mein Blut. »O mein Gott, ich glaub, jemand hat mir in den Hintern geschossen.«

Selbst von hier unten konnte ich sehen, wie er den Kiefer vorschob. »Wenn du willst, dass ich runterkomme, musst du hochklettern und mich holen. Sonst bleibe ich die ganze Nacht hier.«

»Aber ich hab dir doch schon gesagt, dass ich verletzt bin. Ich kann in dem Zustand keine Bäume hochklettern.«

»Und ich habe *dir* gesagt, dass ich hier oben bleibe, bis du es tust.«

Der Himmel verdunkelte sich, als sich die aufziehenden Gewitterwolken zusammenballten und vor die Sonne schoben, und ich spürte, wie Wind aufkam und es kälter wurde.

Dann zeigte Floh von seinem Ast aus hinter uns. »Ich kann ihn sehen!«, schrie er. »Er kommt! Mr Jones kommt und er wird uns mitnehmen und du wirst es nie erfahren, wenn du nicht hier hochkletterst!«

Ich sah hinter mich und da war tatsächlich Mr Jones, der triefend nass durch den Wald stolperte. Algen hingen in seiner eingefallenen Haartolle und er sah alles andere als glücklich aus.

Also fing ich an mich an dem sterbenden Baum hochzuziehen. Bei den ersten nackten Ästen klappte es noch ganz gut, doch schon nach knapp zwei Metern kam ich nicht mehr weiter, weil da nichts war, an dem ich mich festhalten konnte.

»Floh, ich komme nicht höher. Du musst jetzt runterkommen.«

»Kletter weiter!«, befahl er.

»Nein, ich hab höllische Schmerzen und könnte stürzen.«

»Sie sagt, du musst weiterklettern.«

Aber das wusste ich selbst.

Kletter weiter, sagte sie. *Bis ganz oben. Ich muss dir etwas zeigen.*

»Tu einfach, was sie sagt, dann ist es bald vorbei«, rief Floh.

»Nein, Floh. Ich bin völlig fertig. Mit tut alles weh. Ich kann nicht so weit hochklettern. Ich kann einfach nicht.«

Mr Jones hatte jetzt den Fuß des Baumes erreicht. Er knurrte Rocky und Egg bedrohlich an, schubste Po beiseite und fing an uns hinterherzuklettern.

»Ihr verdammten kleinen Quälgeister, kommt sofort hier runter oder ich zieh euch runter und dreh euch den verdammten Hals um. Ich werd nich' auf mein Geld verzichten, nur weil ihr zwei es lustig findet, Verstecken zu spielen. Ihr seid fällig und ich krieg euch ins Krankenhaus, tot oder lebendig.«

»Bis ganz oben, Joseph«, kreischte Floh. »Sie sagt, du musst über die ganzen Büsche hinter dem Baum sehen können.«

Das wusste ich auch. Ihre Stimme war so klar, als hörte ich meine eigenen Gedanken.

»Wovon redet er da?«, schrie Mr Jones. »Was versteckt ihr vor mir hinter den Büschen? Sind da noch mehr von *denen*?«

Die knochentrockenen Äste fingen an sich zu biegen und der Baum ächzte. Ich wischte mir den Schweiß von den Händen und zog mich höher. Mr Jones holte immer weiter auf und ich rechnete angespannt damit, dass er mich jeden Augenblick packen würde. Doch er kletterte geradewegs an mir vorbei und trat mir dabei auf die Finger.

»Vor mir kann man nichts verstecken«, sagte er. »Gleich find ich raus, was du da treibst.« Und dann verschwand er in den Ästen über mir.

Floh schrie weiter aufgeregt. »Beeil dich, Joseph! Schnell! Kletter hoch, damit du es sehen kannst.«

Mit einer letzten großen Anstrengung, die feurigen Schmerz durch meinen Fuß jagte und mir die Hände zerschrammte, erreichte ich die Krone und in genau dem Moment hörte ich, wie Mr Jones irgendwo in der Nähe rief: »Himmelherrgott! Was zum Henker is' das da unten?«

Die Äste fingen an zu zittern und warfen ihre letzten Helikoptersamen ab, die wie wirbelndes Konfetti überall um uns herumflogen. Mr Jones schrie: »Nachbeben! Es ist das Nachbeben!«, und ich stellte fest, dass sich nicht nur der alte Bergahorn bewegte, sondern auch der Boden. Der Baum schien zu ächzen und zu stöhnen, und etwas Großes fiel an mir vorbei nach unten und krachte auf die Erde. Da herrschte für einen kurzen Augenblick völlige Stille.

Als wäre die Zeit stehengeblieben.

Plötzlich hörte ich Klaris in meinem Kopf:

Joseph, mein Joseph.

Ihre Stimme war deutlicher als je zuvor und da war noch etwas anderes. Sie kam mir vertraut vor.

Und ich dachte:

Klaris?

Kla … ris

Clai … ris

Claire … Reece

Klaris

»Mum?«

Als sie antwortete, durchfuhr ihre Stimme jede Faser meines Körpers.

Joseph. Es tut mir leid.

»D-d-du?« Mein Kiefer zitterte und meine Zähne klapperten, doch schließlich brachte ich heraus: »Bist du es wirklich?«

Verzeih mir, mein Schatz.

»Das kann nicht sein.«

Über das Tosen meines Schmerzes, meiner Erschöpfung und meiner Angst hinweg hörte ich sie sagen:

Joseph, ich wollte dich nicht verlassen. Es war ein Unfall.

Mein Atem fing an zu rasen und Schweiß, kalt wie das Flusswasser, lief mir das Gesicht herunter.

»Mum, ich …«

Dann spürte ich ein neues Gefühl in mir. Es schwoll langsam an und wurde fest und schwer wie ein sich aufblähender Ballon aus Blei und es drückte so hart gegen meinen Brustkorb, dass ich dachte, ich würde einen Herzinfarkt bekommen.

»Es …«

Ich wollte ihr sagen, dass alles in Ordnung sei, wie ich es früher immer getan hatte. Wollte sagen: »Ich verstehe« und »Ich hab dich lieb«. Nur tat ich es nicht. Denn als ich die Kontrolle über meinen Mund wiedererlangte, kam mir etwas ganz anderes über die Lippen.

Ein Schrei.

Und der Klang, rau und heiser, spie endlos aus mir heraus und erfüllte die Insel mit seiner Hässlichkeit und mit all dem Schmerz und der Enttäuschung, die sie verursacht hatte, jedes Mal wenn sie mich im Stich gelassen hatte, jedes Mal wenn sie geweint hatte und ich nicht wusste, warum, jedes Mal wenn Dad wegen ihr krank vor Sorge war. Aber vor allem brüllte ich die ganze Einsamkeit und Wut heraus, die ich jede einzelne Minute jedes einzelnen Tages, seit sie fort war, empfunden hatte.

Als ich ganz leer war und der Klang sich in dem verhangenen grauen Himmel über uns verloren hatte, sprach sie wieder.

Ich wollte dich überraschen. Ich bin an deinem Geburtstag zurückgekommen. Ich bin nach Hause gegangen, habe ein Picknick vorbereitet und es hierhergebracht.

Ich schüttelte den Kopf. »Nein, sei still. Du hast schon genug gesagt.«

Ich habe versucht anzurufen, aber ihr wart nicht zu Hause. Also habe ich gewartet.

»Ich will das noch nicht hören.«

Aber ich war die ganze Nacht unterwegs gewesen und war müde.

»Sei still! Sei still! Sei still!«

Ich hielt mir die Ohren zu, aber dadurch hörte ich ihre Stimme nur noch deutlicher, so wie früher, wenn sie in mein Zimmer kam, um Gute Nacht zu sagen, und leise sprach, während sie mich auf die Wange küsste.

Ich bin hier eingeschlafen.

»Halt den Mund! Halt den Mund!« Alles, was ich wollte, war den Worten, der Wahrheit zu entfliehen. »Sei still! Ich will es nicht hören!«

Dann brach das Gewitter los.

Ich schlug um mich, boxte die Luft, trat mit den Beinen aus und schüttelte den Kopf, als wäre mein Gehirn voller Ameisen.

Die Blätter schützten mich vor dem Regen.

»Ich hab gesagt, du sollst den Mund halten! Warum hörst du nicht zu? Es war deine Entscheidung, wegzugehen, Mum. Du hast beschlossen nach Spanien abzuzischen und uns zu verlassen und jetzt zerrst du mich auf die Insel und diesen furchtbaren alten Baum hoch, um mir zu sagen, dass du tot bist. Du bist seit über *zwei Jahren* weg! Hast du das gewusst? Ich warte seit mehr als zwei Jahren! Und du warst die ganze Zeit hier, hast aber beschlossen es mir erst jetzt zu sagen.« Ich senkte die Stimme zu einem erschöpften Flüstern. »Es hat dich nie gekümmert, wie es mir geht. Warum, verdammt noch mal, sollte es mich dann kümmern, was dir zugestoßen ist?«

Dann spürte ich, wie sich ein Gefühl der Wärme um mich legte, eine Umarmung wie die auf Flohs Sofa, und ich sank gegen den Ast, schwach wie ein Baby.

Dann ist der Blitz in den Baum eingeschlagen. Ich bin nie aufgewacht.

Über uns fielen die ersten Regentropfen vom Himmel.

Es ist Zeit, Joseph, sagte sie. *Sei tapfer.*

Und ich blickte nach unten.

Zuerst sah ich nur die Ränder. Sie war früher türkis-pink kariert gewesen, aber die Farben waren vom Regen ausgewaschen und von drei Sommern ausgebleicht worden. Sie war immer noch zu einem Rechteck ausgebreitet, an den Ecken von Steinen festgehalten. Auf der einen Seite stand der Weidenkorb und eine Flasche Limonade, das Etikett völlig verblasst. Auf der anderen Seite lagen Schachteln, die von Kletterpflanzen überwuchert waren. Geschenkpapierfetzen schauten dazwischen hervor und flatterten wie Fahnen im Wind .

Ein abgerissener, dicker Ast lag diagonal über der Picknickdecke wie eine Schärpe. Und die Hippie-Sandalen meiner Mutter standen gleich neben den Geschenken, ordentlich aufgereiht, als hätte sie sie gerade erst dorthin gestellt.

»Mum, warst du das da unten?«

Vergib mir, dass ich dich verlassen habe, Joseph.

Ich flüsterte: »Ich vergebe dir. Und ich werde dir nie wieder sagen, dass du weggehen sollst. Sag einfach, dass du in meinem Kopf bei mir bleiben wirst.«

Ich kann nicht.

»Bitte, geh nicht!«, sagte ich. »Verlass mich nicht. Nicht schon wieder.« Aber die Stille der Luft verriet mir, dass es zu spät war.

Auf einmal tanzten kleine bunte Punkte vor meinen Augen, wirbelten herum und verbanden sich und ich hörte einen schrillen Laut, der Mr Jones' Geschrei übertünchte. Da vergaß ich mich festzuhalten und mir wurde schwarz vor Augen.

Die letzten Spuren

Als ich in den Büschen, die meinen Fall gebremst hatten, wieder zu mir kam und alle mich voller Sorge mit großen Augen anstarrten, wollte ich laut loslachen. Es war so offensichtlich, dass ich nicht fassen konnte, wie lange ich gebraucht hatte, um dahinterzukommen.

Aber ich lachte nicht, sondern weinte, weil ich mich daran erinnerte, was es bedeutete.

Klaris war meine Mum.

Sie war tot.

Meine Mum war tot.

Ich versuchte ihnen zu erklären, was ich gesehen hatte. Und sie hatten mich wohl durch mein Schluchzen hindurch verstanden, weil daraufhin ein Schweigen eintrat, das die Luft aus dem Wald zu saugen schien.

Dann barst der Himmel und der Regen fing an auf uns niederzuprasseln.

Die Jäger, deren Taschen mit toten Vögeln vollgestopft waren, fanden uns durchnässt und zitternd auf der Lichtung unter dem Baum.

Als sie die *Lady Claire* hinter ihrem Boot auf die andere Seite des Flusses schleppten, stand Henry am Bug und schnupperte die kühle, stürmische Luft.

Ich saß mit Floh hinten und beobachtete, wie die Insel sich immer weiter von uns entfernte.

»Es tut mir leid«, sagte ich. »Ich wusste es nicht.«

Er rieb sich die letzten Spuren des Buchstaben K von der Stirn.

Samstag

Eitel Sonnenschein

Als ich im Krankenhaus aufwachte, ganz benommen von den Schmerzmitteln, dauerte es ein paar Augenblicke, bis ich mich erinnerte. Dann kam mir alles wieder ins Bewusstsein wie ein Horrorfilm im Schnellvorlauf.

Mein Dad saß zusammengesackt neben mir auf einem Stuhl und schnarchte. Ich betrachtete ihn eine Weile, lehnte mich dann vor und zwickte ihn in die Nase, um ihn zu wecken. Als er die Augen aufschlug, waren sie rot und seine Lider waren geschwollen, als hätte man ihm einen Fausthieb verpasst.

»Also …«, sagte er, während er meine Hand nahm und sie fest drückte. »Also, jetzt wissen wir, was deiner Mutter zugestoßen ist.« In seinen Augen glänzten die Tränen, die er zurückhielt. »Es tut mir leid, dass du derjenige sein musstest, der es herausgefunden hat.«

Ich zuckte mit den Achseln. »Wer hat es dir erzählt?«

»Die Cliff-Kinder. Nachdem dich der Krankenwagen abgeholt hat, sind sie mit dem Ersatzschlüssel zu uns ins Haus und haben auf mich gewartet. Als ich reinkam, saßen sie auf dem Sofa und haben Kakao getrunken. Floh hat das Reden übernommen, aber als er zu traurig wurde, sind die anderen eingesprungen.« Dad hielt inne. »Weißt du, mir war gar nicht klar, wie nahe sich diese Kinder stehen. Floh hat Glück, solche Geschwister zu haben. Vor allem jetzt.«

Er stand auf, ging zum Fenster und blickte nach draußen. Seine neuen Kleider waren zerknittert und sein Haar am Hinterkopf zerzaust.

»Ich hätte es mir denken müssen«, sagte Dad und drehte sich wieder um. »Sie hätte dich nie einfach so verlassen. Wir müssen ihren Anruf verpasst haben, als wir in der Stadt waren, um deinen Geburtstagskuchen abzuholen. Da hat der Regen eingesetzt, weißt du noch? Wir sind patschnass geworden.« Dann verwandelten sich seine Worte in Schluchzen und die Tränen liefen ihm über die Wangen.

»Aber warum haben wir nicht nach ihr gesucht, Dad?«

Er putzte sich die Nase. »Weil … weil ich dachte, dass sie nicht gefunden werden will. Claire ist«, er unterbrach sich, »Claire war ein komplizierter Mensch. Sie hatte diese Stimmungsschwankungen. Es hat nach deiner Geburt angefangen. Wenn sie einen guten Tag hatte, war alles eitel Sonnenschein, aber schon einen Tag später zog sie sich ganz in sich zurück und ich kam nicht mehr zu ihr durch. Es war, als wäre sie in einem Käfig gefangen. Ich hatte gelernt, dass sie immer zu uns zurückkam, wenn ich sie einfach in Ruhe ließ. Ich hatte keine Ahnung, dass es diesmal anders war.« Seine Stimme wurde heiser und er musste innehalten, bevor die Tränen seine Worte schluckten.

Ich hatte das Gefühl, dass ich auch weinen sollte, wie es jeder von mir erwarten würde. Aber ich konnte nicht. Ich fühlte mich einfach leer. Leer und innerlich grün und blau geschlagen.

Wir hatten gewonnen. Wir waren ABUP und der Kappung entkommen, doch das Endergebnis war dasselbe – Klaris war weg und Mum auch, und jetzt, da ich wusste, dass sie tot war, würde ich mir nie wieder vorstellen, wie sie zurückkam.

Was als Nächstes passierte

Gestern war es genau ein Jahr her. Aber manchmal kommt es mir so vor, als hätte ich es schon seit Ewigkeiten gewusst, dass Mum tot ist.

Ich liege neben Po auf dem Rasen und sie macht sich für ihr Buch Notizen über das, was als Nächstes passierte.

Der Untersuchungsrichter nannte ihren Tod einen außerordentlichen Unfall, eine absolut einzigartige Tragödie – das hätte Mum gefallen, sagt Dad. Sie hasste es, normal zu sein.

»Erzähl es in der richtigen Reihenfolge«, drängt mich Po. »Deine Akte ist lange vor der gerichtlichen Untersuchung geschlossen worden.«

Wir bekamen einen Anruf von ABUP, dass Mr Jones nicht mehr länger für die Abteilung arbeitete und dass man unsere Akte flussabwärts gefunden hatte. Das grüne Wasser hatte praktisch alles aufgeweicht, so dass sie jetzt unbrauchbar war. Keine Beweise, keine Kappung. Damit waren wir aus dem Schneider und wurden von der Behandlungsliste gestrichen.

»Dann haben sie die Shorefield-Untersuchung angekündigt.«

In den Nachrichten brachten sie, dass die Gesellschaft zum Schutz von Unsichtbaren Personen die Regierung gezwungen hatte eine Prüfung unter der Leitung eines weltberühmten Experten anzuordnen, den man aus dem Fernsehen kannte. Aber Dr. Peasman sagt, dass wir uns nicht zu viel davon erwarten sollen, weil der Vater der umgekommenen Familie Beziehungen zu wichtigen Leuten hatte und es der Regierung gut in den Kram passt, eine unsichtbare Person zu beschuldigen. Aber immerhin wurden die ganzen ABUP-Büros aufgelöst, so dass niemand mehr gekappt wird – zumindest vorerst.

»Dann war Weihnachten.«

»Du hast den Herbst vergessen«, sage ich. »Der regenreichste seit fünfzig Jahren. Und dann Weihnachten.« Es war nicht das schönste Weihnachtsfest, aber es fand statt, und dann war es vorbei und das neue Jahr fing an, wie es das jedes Silvester tut, sogar wenn deine eigene Mum tot ist und sich in Asche in einem Topf auf dem Kaminsims verwandelt hat.

»Das ist kein Topf, Joseph. Es ist eine Urne.«

Geschenkt. Dad jedenfalls fand es schlimm, dass sie da drin war. Er sagte, sie müsste ungebändigt und frei über die Insel wehen.

»Dann haben wir die Brücke gebaut«, sagt Po. Dr. Cliff war so entsetzt darüber gewesen, dass Floh durch den Fluss geschwommen war, dass wir alle zusammenlegten und eine Hängebrücke bauen ließen, die zwischen zwei großen Eichen befestigt ist und den Fluss überspannt.

Was vom alten Bergahorn übrig geblieben war, musste gefällt werden, aber wir machten einen Sitzplatz aus dem Stumpf und verstreuten die Asche meiner Mutter drum herum.

»Und Floh hat eine Rede gehalten«, fährt Po fort. Ja, und Dad und ich weinten, als Floh erzählte, wie freundlich und intelligent sie war, und die ganzen nicht so tollen Sachen wegließ. Er hatte an jenem Abend seine beste Freundin verloren, doch Floh schien sich damit abgefunden zu haben, dass es für sie an der Zeit war, zu gehen.

»Er hat sich wirklich sehr verändert, findest du nicht?«, sage ich zu Po. Vielleicht liegt es nur daran, dass er jetzt ein wenig aufrechter geht, nachdem ihm alle gesagt haben, wie tapfer (und dumm) er gewesen sei. Oder vielleicht war einfach seine Zeit für einen Wachstumsschub gekommen. Im Frühling, als er acht wurde, überragte Floh jedenfalls die Zwillinge und war auf dem besten Weg, Rocky einzuholen.

»Wir haben die Welpen vergessen«, ruft Po, als wir drei schwarze Labradore aus dem Haus stürmen sehen. Annies Junge kamen ein paar Wochen nach allem auf die Welt. Floh blieb die ganze Nacht mit seinem Vater auf, um bei der Geburt zu helfen. Sie kümmerten sich zusammen um die Welpen, bis die ein neues Zuhause fanden.

Floh wurde zum Experten in Sachen Hundezucht und sein Vater sagte, er dürfte einen behalten.

»Aber«, erinnert mich Po, »Mum hat gesagt, dass sie ihre Koffer packt, wenn sie noch einem Hund hinterherräumen muss.«

Da überredete Floh seine Eltern zur Eheberatung zu gehen, um ihre Probleme ein für alle Mal aus der Welt zu schaffen, und es hat wohl geklappt, weil Mrs Cliff und Glenfiddich, der

Welpe, beide immer noch da sind. Aber jetzt nennen sie ihn Fido, weil in ihrem Haus praktisch niemand bei seinem eigentlichen Namen genannt wird.

Po schreibt das alles auf, während wir uns unterhalten, weil sie Schriftstellerin werden will und beschlossen hat, dass ihr erstes Buch von Klaris handeln wird.

»Du verschwendest deine Zeit«, sage ich, »die Leute interessieren sich nur für Sachen, die Promis passieren.«

»Du bist vielleicht nicht berühmt«, erwidert sie, »aber für mich bist du ein VIP.« Da spüre ich, wie ich rot werde.

Po sieht von ihren Notizen auf. »Fehlt sie dir?«, fragt sie. »Ich meine, fehlt dir Klaris?«

»Manchmal«, antworte ich. Und damit meine ich, dass ich jedes Mal, wenn ich krank oder einsam oder traurig bin, alles dafür tun würde, meine Mum wiederzuhaben, selbst als Klaris in meinem Kopf.

»Aber nicht dauernd und definitiv nicht in diesem Moment«, sage ich zu Po, als ich die Daumen drücke und mich zu ihr lehne.

TAGESANZEIGER FREITAG 13. AUGUST

FAMILIE AUS SHOREFIELD TOT IN IHREM HAUS AUFGEFUNDEN

Ein britischer Diplomat, seine Frau und ihre beiden Kinder starben gestern bei einem »brutalen Überfall«, wie die Polizei bekannt gab. Nachbarn auf der von Bäumen gesäumten Straße sagten, die Familie, die seit sechs Monaten dort lebte, sei unauffällig gewesen und blieb gern für sich. Die Polizei hat die Öffentlichkeit um Mithilfe bei ihren Ermittlungen gebeten.

TAGESANZEIGER SAMSTAG 14. AUGUST

RÄTSEL UM DIPLOMATENTOD

Wie Quellen aus Shorefield behaupten, steht eine unsichtbare Person unter dringendem Mordverdacht. Ein Polizeisprecher betonte jedoch, dass die Ermittlungen noch ganz am Anfang stünden. Aber angesichts der wachsenden Angst vor bösartigen unsichtbaren Personen haben Anwälte in Berufung auf diesen Fall angemahnt, dass strengere Gesetze für den Umgang mit Unsichtbaren dringend notwendig seien.

TAGESANZEIGER MONTAG 16. AUGUST

POLIZEI WARNT VOR FLÜCHTIGEM UNSICHTBAREN IN SHOREFIELD

Die Polizei hat heute bei einer Pressekonferenz bestätigt, dass eine unter dem Namen Snow bekannte unsichtbare Person wegen Mordes gesucht wird. Hauptkommissar Dom Clifford sagte: »Wir appellieren an die Öffentlichkeit nicht in Panik zu geraten, empfehlen aber allen, denen kürzlich eine unsichtbare Person zugelaufen ist, sich umgehend bei der nächsten Polizeiwache oder dem nächsten Krankenhaus zu melden.«

TAGESANZEIGER MITTWOCH 18. AUGUST

PREMIERMINISTER MELDET SICH IN SACHEN BÖSARTIGE UNSICHTBARE ZU WORT

Der Premierminister hat heute im Parlament die Notstandsermächtigungen verteidigt, die ABUP-Fachleuten im Zuge der Shorefield-Morde übertragen wurden. Er sagte: »Die KAPPUNG ist ein ungefährlicher Eingriff und die einzige Möglichkeit, uns alle vor den Gefahren bösartiger Unsichtbarer zu bewahren.« Aber die Gesellschaft zum Schutz von Unsichtbaren Personen gab heute eine Erklärung ab, in der sie die Regierung »einer politisch motivierten Vertuschungsaktion« beschuldigt.

TAGESANZEIGER DONNERSTAG 19. AUGUST

**ELTERN STEHEN FÜR KAPPUNG SCHLANGE
AUS ANGST VOR UNSICHTBAREN KILLERN**

Im Anschluss an die erste Präsentation der Regierungs-
kampagne »Im Zweifel kappen!« kam es gestern Abend
überall im Land zu chaotischen Szenen, als Eltern
die neue KAPPUNG-Behandlung einforderten. Wanda
Flynn, Mutter von vier Kindern, sagte uns: »Wir haben
die Anzeige gesehen und wir sind hier, weil wir kein Risiko eingehen wollen. Ich möchte, dass alle meine Kinder
behandelt werden, auch wenn zwei von ihnen gar keinen
unsichtbaren Freund haben. Aber Vorsicht ist besser als
Nachsicht.«

Liebe Leserin, lieber Leser,

eine merkwürdige Begebenheit hat mich dazu bewogen, dieses
Buch zu schreiben: eine wiederkehrende unsichtbare Freundin.
Sie war etwa neun oder zehn Jahre alt und ihr Name fing mit
Al an. Mein Bruder, ich und Jahrzehnte später meine eigene
Tochter stellten sie sich vor.

In allen drei Fällen war sie nett, kommandierte uns aber
gerne herum, wie man das auch von älteren Schwestern kennt.
Ich hatte auch unsichtbare Zwillingsfreunde, die ein bisschen
jünger waren als ich, und ich erinnere mich daran, dass sie
ziemlich gemein zu ihnen war. Aber nie zu mir.

War das bloß ein Zufall oder steckte da noch etwas anderes
dahinter? Als sie zum dritten Mal in Erscheinung trat, arbeitete
ich gerade als Journalistin und beschloss einen Artikel über unsichtbare Freunde zu schreiben. Bei meinen Recherchen entdeckte ich viele faszinierende Dinge, unter anderem, dass in
manchen Teilen der Welt, wie zum Beispiel Japan, Menschen
glauben, dass unsichtbare Freunde Schutzgeister sind, die über
Kinder wachen. Manchmal sind es tote Vorfahren und manchmal einfach körperlose Wesen, die merken, dass sie gebraucht
werden.

Mir gefiel die Idee und daraus entstand Klaris und eine ganze
Welt, in der unsichtbare Freunde Persönlichkeit und einen
freien Willen besaßen und es Menschen gab, die bereit waren
sich für sie einzusetzen.

Ich wollte in diesem Buch auch ein Hoch auf die Fantasie

ausbringen, diese merkwürdige Substanz, formbar wie Ton, die auszutrocknen scheint, wenn wir älter werden, und von der wir vergessen, wie mächtig sie sein kann. Man kann alles damit herbeizaubern: Luftschlösser, Ponys, Weihnachten und ja, sogar Freunde, die euch, wenn ihr mir auch nur ein bisschen ähnelt, euer ganzes Leben lang begleiten.

Hört nie auf zu träumen,
Nikki

Danksagung

Zuerst muss ich meiner großartigen Agentin Julia Churchill danken, die mir die Tür geöffnet und mich an die Hand genommen hat auf dem langen Weg vom Manuskriptstapel bis zum Buchregal. Und meiner fabelhaften Lektorin Clare Whitston und Assistentin Helen Bray bei OUP, die mich mit viel Geduld durch alles Weitere begleitet haben. Aber bevor es damit losging, waren es die Mitglieder meiner Schreibgruppe, Sandi, Allie, Lucy G, Lisa, Suzanna, Deborah, Eira, Phil, Becky und Lucy S, die mich und meine Geschichte mit ihren Ermutigungen, Ratschlägen, dem Wein, den Chips und ihrer Freundschaft gestärkt haben. Und mein Mann Dylan und meine Kinder Morgan, Eddie und Harvey, die der allerersten Fassung grünes Licht gaben und für meine Auszeit in der Schreibklause von Deb und Bob in Devon aufkamen, so dass ich das Buch in Ruhe beenden konnte. Dank gilt auch meiner Schwester, die mir das Lesen beigebracht hat, meinem Bruder, dessen Fantasie mich inspiriert hat, und meinen Eltern, die klug genug waren so zu tun, als wäre es ganz normal, mit unsichtbaren Freunden zu reden.

Nikki Sheehans erster Job nach dem Linguistik-Examen war es, Untertitel für *Die Simpsons* zu verfassen. Später studierte sie dann Psychologie und inzwischen arbeitet sie als Journalistin. Am liebsten schreibt sie über Themen rund um Erziehung und Eigentum, ihr Planet-Property-Blog ist preisgekrönt. Sie lebt in Brighton mit ihrem Mann, drei Kindern, zwei Hunden, einer Katze und einer variierenden Anzahl von Hamstern.

»Mein Plan zur Rettung der unsichtbaren Freundin von nebenan« ist ihr Debüt.

Ann Lecker, geboren 1973, hat Literaturübersetzen an der Heinrich-Heine-Universität in Düsseldorf studiert. Seit 2007 lebt sie in London und arbeitet als Übersetzerin und Theaterpädagogin, am liebsten für und mit Kindern und Jugendlichen.

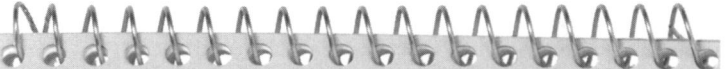

Erfrischend, intelligent, herzzerreißend

In Franky Parsons Leben ist alles verlässlich. Konstant. Vorhersehbar. Sogar die ständige Ergänzung seiner sowieso schon sehr langen Liste von Sorgen. Tageslauf, Wochenplan, Jahresrhythmus – nichts ändert sich. Auch nicht die absolut zuverlässigen Antworten seiner Mutter, immer abends um zehn. Doch dieses Jahr ist alles anders. Das liegt an Sydney. An ihren liebevollen, neugierigen, taktlosen Fragen. Und Frankie Parsons Welt gerät aus den Fugen.

Kate de Goldi
abends um 10
336 Seiten
Taschenbuch
ISBN 978-3-551-31177-1

Jeder ist besonders

In Mibs' Familie hat jeder
eine Gabe: Ihr Opa kann
Berge versetzen, ihre Oma
sammelt Lieder in Ein-
machgläsern und ihr Bruder
verursacht Stürme. Und nun
wartet Mibs an ihrem 13.
Geburtstag gespannt auf
ihren Schimmer, diese
besondere Fähigkeit, die sie
von allen anderen unter-
scheiden wird. Doch der
große Tag wird ganz anders
als erhofft: Ihr Vater hat
einen Unfall und Mibs muss
zu ihm. Ob sich auf dieser
Reise ihr Schimmer zeigen
wird und sie damit dem
Vater helfen kann?

Ingrid Law
Schimmer
240 Seiten
Taschenbuch
ISBN 978-3-551-31057-6

www.carlsen.de

Die Mongolei ist überall

Frank Cottrell Boyce
Der unvergessene Mantel
112 Seiten
Taschenbuch
ISBN 978-3-551-55594-6

In Julies Klasse ist ein Neuer: Dschingis, ein Flüchtlingskind aus der Mongolei, und Julie soll sich ein bisschen um ihn kümmern. Dschingis hat schließlich keine Ahnung, wie man Fußball spielt, was man zum Schwimmen mitnimmt und dass man nicht den ganzen Tag in einem Fellmantel herumläuft. Im Gegenzug weiß Julie bald alles über die Mongolei, dass dort Riesenblumenbäume wachsen, dass man Adlern dort eine Mütze aufsetzt, um sie zu beruhigen und wie warm ein Fellmantel ist. Und sie lernt, wie man einen Dämon aus Hefeteig backt. Doch dann, eines nachts, werden Dschingis und seine Familie abgeholt. Sie dürfen nicht in Liverpool bleiben, sondern müssen zurück in die Mongolei ...

www.carlsen.de